Betoneira vida

FLÁVIO DA CONCEIÇÃO

Betoneira vida

Prêmio Malê de Literatura

10 anos
malê

Direção: Francisco Jorge & Vagner Amaro

Betoneira vida
Prêmio Malê de Literatura
ISBN nº 978-65-85893-23-7
Edição: Vagner Amaro
Capa: Lorrahn Candido
Diagramação: Maristela Meneghetti

Dados internacionais de catalogação na publicação (CIP)
Vagner Amaro – Bibliotecário - CRB-7/5224

C744b Conceição, Flávio da
Betoneira vida / Flávio da Conceição
Rio de Janeiro : Malê, 2024.
200 p.

ISBN nº 978-65-85893-23-7

1. Romance Brasileiro I. Título.
CDD B869.3

Índices para catálogo sistemático: 1. Romance brasileiro B869.3

Editora Malê
Rua Acre, 83, sala 202, Centro. Rio de Janeiro (RJ)
www.editoramale.com.br
contato@editoramale.com.br

Para Maria de Fátima, Fátima Aparecida, Janaína Costa,
Ângela Naomi, Raimundo Costa e a minha mãe,
Gilvane de Jesus Conceição.

Expedito, Maria, Irinéia, Izabel, Ana, Antônio José, Diomar,
Manoel, Raimundo, Francisco, João, Josué, Benedito, Sebastião,
Waldomiro, Saúba, Chalé, Nuca, Zefa, Cizin, Louco e Conceição.
São bordados do manto da apresentação.
Douglas Germano

Sumário

1
Intraduzível sentimento

Um largo feixe de luz atravessava o quarto, iluminando uma fina poeira, como se de repente se descobrisse a vida íntima no ar. Não é bom?
Clarice Lispector

Marta sentia o tempo diferente naquela manhã de domingo. Deu bom dia ao seu Miro, da bodega, e pediu quatro pães. Os papudinhos estancavam a tremedeira na aguardente matinal.

Na volta para casa, Marta conversou com alguns conhecidos. Ouviu deles boatos de que a PM desgostava do arrego recebido e passaria o ponto a quem pagasse mais; que ajudaria o grupo rival a tomar o ponto de droga e receber um "Bolsa Família" mais justo; os bandidos deviam um acerto após um malandro ser liberado de um flagrante.

Marta temia todos os relatos, pois morava na encruzilhada do crime. Em dias de perigo, a família agarrava-se ao chão pedindo proteção aos santos e aos orixás de devoção. Tinham que sair dali, dizia ao marido Jerônimo Firmino, que respondia estar juntando dinheiro.

Preparou o almoço com a ajuda do marido. O filho Dario comeu duas vezes, ela ficava feliz ao vê-lo bem alimentado.

Firmino saiu para tomar uma cerveja no bar após o almoço. Dario foi ao campinho encontrar os colegas de futebol. Marta trocou a fralda da pequena Kátia e dormiu um pouco com a bebê, era o único momento da semana que podia fazer isso à tarde. Acordou trinta minutos depois pensando no filho.

O menino percebeu o movimento suspeito na entrada da favela e correu para casa. Os barulhos de coturnos apressados, sussurros e metal tilintando estavam próximo ao barraco.

Entra! Entra! Entra! Deita! Rápido! Falou baixinho quando Dario chegou.

Jogou o colchonete no chão, colocou a bebê, fechou as janelas e, quando foi trancar a porta, os disparos começaram.

Sentiu uma queimação no tórax. Deitou-se ao lado de Kátia, formando uma barreira de proteção. A dor aumentou, acompanhada de sangue.

Marta queria uma vida colorida e festejada como as telas de Maria Auxiliadora da Silva, contudo, tornou-se mais uma na série de Faith Ringgold com a família sangrando na América. A sensação estranha daquela manhã se confirmava. Acariciou a filha e escondeu a mancha de sangue para Dario não ver. Última carícia? Último olhar? Em meio ao choro e a dor contidos, ficou feliz com a filha encantada com as fagulhas iluminadas pela réstia no quarto. Mentalizava os filhos enquanto pedia proteção aos orixás. Desejava um futuro melhor a eles.

Dario observava sem saber o que acontecia. Firmino correu para casa ao ouvir os disparos e encontrou Marta baleada. Com os olhos semicerrados, ela disse quando ele se aproximou:

Cuide dos nossos filhos...

Firmino balançou a cabeça dizendo que sim. Queria dar um beijo no filho. Dario viu a mãe com olhos de despedida. A criança não acreditou que Deus faria aquilo com eles.

O amigo Chico ouviu os tiros e perguntou aos curiosos onde havia sido. Informado do local, pensou no Firmino. Esperou o fim dos disparos e saiu em busca de notícias do companheiro de trabalho. Havia riscos no caminho, porém afastou o sentimento covarde.

Firmino colocou a bebê no colo de Dario e pediu que fosse à casa da tia. A fuga dos traficantes afastou a polícia para longe do barraco. Chico encontrou Dario no caminho, carregando a pequena irmã com dificuldade, algo de ruim acontecera.

Teu pai, Dario? Teu pai?

Pa-pai tá lá, ma-mãe tá caída. Falou com olhos carregados de lágrimas, a caminho da tia.

Chico não podia correr e acelerou os passos escorregando pelas paredes dos barracos, temendo ser confundido com algum criminoso. Chegou e viu as portas abertas e Firmino com a companheira arfando. Colocou a mão direita no ombro dele, que pediu uma ambulância. Chico argumentou que a PM estava na favela, e Firmino respondeu:

Foram eles!!! Não dá para confiar! Vai ficar por isso mesmo.

Chico cumprimentou dona Aurora, que chegou correndo. A cunhada estava sem vida, e Firmino com a cabeça de Marta apoiada nas pernas dele. A senhora abaixou-se chorando e fez uma carícia no corpo como despedida. Disse mentalmente para confortá-la que ela fora uma guerreira e faria de tudo para cuidar das crianças. "Descanse em paz."

***

Semanas seguidas, Firmino era lembrança, dor, lágrima, revolta e álcool. O pacto firmado com a mulher era cobrado pela consciência. Aos poucos, reduziu os excessos do álcool, mas a dor ficou.

Jerônimo Firmino desejava vingar na cidade. A obrigação do trabalho superou o "ABC" escolar. O primo arranjou um emprego de carteira assinada. Nessa época, frequentava festas com os amigos e conhecera Marta. Adorou sua beleza, a lucidez da vida iluminava a estrada que ele começava a caminhar.

Marta afastava-se das desilusões amorosas momentâneas. Sua mãe alertara no cuidado que deveria ter com eles. Firmino parecia diferente. No início da relação, entendeu os limites que ela impôs. Enquanto pensava em um namoro, ela analisava-o como homem responsável diante de uma família que pretendia ter.

Dario fora o primeiro filho, e três anos depois, veio a bebê Kátia. A notícia da gravidez inesperada havia sido aliviada ao descobrir que seria uma menina. Teriam um casal de filhos e pronto.

Firmino admirava o carinho e a preocupação de Marta com os filhos até o último momento de vida.

A cidade e o trabalho na construção civil não ajudavam a esquecer o sofrimento, teve que adaptar-se. Embora Marta estivesse no coração, a vida exigia prumo. "Tem que seguir", dizia, consolando a estranheza dentro dele. As crianças cresceram em horizontes possíveis. Marta era mais uma entre as milhares de vítimas da guerra urbana sem fim.

O peso da existência é perder muito e ganhar pouco. Os amigos diziam a Firmino que tivesse força, a irmã Aurora assumiu o papel de mãe. A vida exigia caminhos, mesmo com buracos sobre o corpo.

2
Sujeito homem

O árduo trabalho deixava Chico cada vez mais frio e insensível. Começou cedo no mundo da obra, antes mesmo de terminar o ensino fundamental. Além de destemido, era um exímio pedreiro. Não tinha receio na hora de fazer os reparos externos nas fachadas dos prédios sobre o andaime. Chico dava dicas aos colegas para perder o medo: "Num olha lá embaixo, faz de conta que não tá no alto, acredita na corda, atenção, muita atenção."

Durante as reformas nas fachadas dos prédios, aplicava massa nas rachaduras, frestas e desníveis. Esses reparos eram observados de longe em um grande mosaico que alguns pedestres desvendavam como um enigma ou um milagre enviado do céu. Chico fizera esse serviço muitas vezes com o amigo Firmino, apesar do sol não dar trégua e a roupa pesar de suor.

A filha Clarinha quebrava a dureza do pai. Gostaria que a menina terminasse os estudos e criasse outros mundos fora da vida betoneira a qual estava acostumado. Ele havia madrugado para tentar conseguir uma vaga na creche. Avisou à Sheila do RH e ao mestre de obra Aldélio o motivo do atraso.

A menina na creche ajudaria Elenilce a trabalhar despreocupada. Sentado no sofá, Chico assistia à TV, quando a mulher entrou.

Francisco?

Oi, muié.

Clarinha está cochilando, acorda ela, mais tarde vai ficar sem sono.

A menina dormia com a cabeça apoiada nas pernas do pai, enquanto ele assistia desinteressado à TV, que engana a vida dando ordens de consumo.

Nilce, teu primo ainda está querendo um trabalho? Tão precisando de gente na obra.

Tá sim, fala com ele.

Vou lá. Aproveito e procuro o Zé-Raimundo e vejo se tem interesse.

Chico saiu pelas ruas da favela e, ao passar em frente à bodega do Miro, cumprimentou os conhecidos com um aceno de mão, evitando parar no local. Mais à frente, estava o bar do Zé-Bigode e agiu da mesma forma. Um velho amigo veio em sua direção.

Ó o Chico!

Opa, homi.

Como vai a vida?

Na dureza da betoneira.

Minha mãe disse medicina e eu entendi oficina, aí tô levando.

Chico riu com o amigo, que ofereceu uma bebida, contudo, negou dizendo que deixasse para outro dia. Preferia tomar a sua Ypióca em casa. Ficar lamentando no bar com um copo na mão não era com ele, sem contar as confusões. Como uma briga que ficara sabendo entre dois desafetos conhecidos da polícia. A aguardente suavizava os brutos dias. Eles e outros ali não voltavam atrás numa rixa, na defesa de um clássico do futebol, muito menos numa briga. Dos homens de bar aos líderes mundiais, mudavam-se as vaidades e os cenários das disputas inúteis.

Beto e Lúcio tinham ódio acumulado contra quem não sabiam identificar. Associavam os sofrimentos à polícia, ao patrão, ao bandido folgado, ao deputado, ao prefeito, ao governador, ao presidente e aos juízes que nunca olharam para eles na hora de aplicar uma pena. Naquele momento, o inimigo ao lado representava tudo isso.

Sujeito homem, o destemido Beto tragou a cachaça num gole, externando um mal que imperava vazão. Olhou o adversário e as indiretas foram respondidas em murros diretos. Trocaram socos. Olho no olho. Beto, em desvantagem pelo excesso de bebida, ficou constrangido. Não desviava os golpes como de costume. Lúcio, menos embriagado, deu a estocada. A faca de açougueiro cumpria a função de cortar perfeitamente. Beto duvidou da artéria femoral dilacerada jorrando sangue, desacreditou da morte, sentou-se rindo e maquinou vingança.

A tragédia fora contada de diferentes formas. Chico não gostou de nenhuma, conhecia as causas e as personagens. Enquanto caminhava à casa de Carlos, passou pela mangueira com mais de dois metros de diâmetro que ocupava o canto da rua. Mesmo aproveitando pouco a juventude, subira nela muitas vezes carregada, queria poder ter vivido mais aqueles momentos.

Ao encontrar Carlos com o amigo Dario no portão de casa, Chico cumprimentou e perguntou como estavam. Dario respondeu que estava tudo bem. Todas as vezes que via o jovem, Chico recordava dele menino segurando a irmã aos prantos. Falou da proposta de emprego a Carlos, mas precisava avisar dona Marinalva.

Na obra, Chico? Indagou Carlos.

É! Se garante?

Pesado, mas eu vou.

Vai ter dinheiro pra gente gastar, hein? Brincou Dario.

Nem recebi ainda. Respondeu Carlos, rindo.

Depois você me conta as novidades. Disse Dario, despedindo--se deles.

Carlos pediu que Chico entrasse e perguntou:

Lá é registrado?

É! Com almoço e vale-transporte. É puxado, mas devagar você pega a manha. Não pode parar de estudar.

Nãããão!

Carlos entrou em casa dando a notícia:

Mãe, vou começar a trabalhar de carteira registrada.

Onde, meu filho? Perguntou Marinalva, aproximando-se da sala.

Chico ficou em pé na entrada da sala.

Com o Chico, na obra.

Dona Marinalva, ele pode ir se arranjando, depois consegue outro melhor. Ele não sabe muito, mas aprende. Amanhã seis horas na parada de ônibus, leva os documentos e vai preparado com calça e roupa velha, caso não tenham uniforme. Combinado?

Combinado!

Tome conta dele lá, Chico.

Vou puxar muito a orelha dele, não se preocupe.

Obrigado, Chico. Deus lhe abençoe.

A todos nós. Vou indo, porque tenho que ver se o Zé-Raimundo vai querer também.

Valeu, Chico. Agradeceu Carlos.

Ao sair da casa e dobrar a esquina, Chico ouviu uma senhora que lamentava:

Tem jeito não — disse chorando. Maldita cachaça. O homi inchado com o fígado pôdi.

Ele suspeitava de quem se tratava, era o Zé-de-Lima, que trabalhara com ele anos atrás. Homem bom, mas que havia perdido as estribeiras na bebida.

Zé-Raimundo? Zé-Raimundo? Chamou Chico ao se aproximar do portão.

É bem o Chico, num é?

É sim, como sabe?

Essa voz rouca e forte só você tem.

Muito sol e cimento dá nisso. Como você tá?

Tudo bem, macho véi.

Vim saber se tá a fim de um fixo lá na obra da Siará Grande Engenharia.

Tô, homi! Tá fraco e só trabalho com povo liso-liso.

Pois pronto, lá é registrado, almoço, transporte. Temos que ir se segurando nesse fixo, mesmo não pagando o dinheirão que a gente ganhava numa empreitada boa. Daqui a pouco, se a gente não tomá cuidado, tamo encostado e sem garantia de nada.

Pois é! O tempo voa, homi. Então, amanhã seis horas na parada.

Homi, obrigado pela confiança, eu não vô desapontá.

E eu lá me meto com cabra ruim, homi?!

Na volta para casa, o domingo despedia-se pintando o horizonte de laranja. Chico passou em frente à igreja evangélica do pastor que havia mudado da água para o vinho. Durante a época da escola, o religioso chamava os colegas para gazear aula, vendia drogas, foi preso e espancou mulheres inocentes. Tinha saído da cadeia pastor e havia se tornado líder da igreja com casa reformada e carro. Chico acreditava no Salvador, mas duvidava dos seus representantes na terra. Queria ver nos seguidores de Jesus a humildade e as boas ações.

***

Em reunião, os engenheiros da Siará Grande Engenharia traçavam metas, apresentavam gráficos, orçamentos, panoramas, licenças, embargos, gastos, aprovações e atrasos nas obras. Além disso, comentavam sobre as perspectivas de investimentos que viriam do governo e das grandes empreiteiras. Um dos engenheiros mencionou as obras com promessas de grandes rendimentos:

Programas de Aceleração do Crescimento, PAC Mobilidade Urbana, investimentos na construção pesada, Programa Minha Casa Minha Vida, Copa e os Jogos Olímpicos promoveriam uma guinada econômica e um canteiro de obra nacional. No conjunto, haverá gastos superiores a meio trilhão.

Outro engenheiro interferiu:

O governo beneficia em mão dupla trabalhador e empresário. O presidente entende o jogo político do Estado, precisa ceder para mudar as peças do jogo que dificultam o pobre ter casa própria.

O Estado terceirizava a construção das moradias populares quando ele mesmo podia fazer. A roda girava com lentidão a favor do povo e os privilégios giravam rapidamente a favor dos empresários.

O dono da empresa, Marcel, disse:

A Siará Grande vai entrar nesse mercado. A minha participação no evento de Brasília fomentará acordos.

3
No balanço do prumo

Acho que existe uma estrela no céu pra cada criança da favela e o barulho que elas fazem toma conta do mundo.
Lilian Guerra

Horizonte, 15 de fevereiro de 2010.

Espero que esta carta ao chegar em suas mãos possa encontrar na mais perfeita paz do Senhor Jesus.

Como tão as coisas primo?

Como tá a família? Abraço ao tio Firmino.

Aqui sigo firme nos desvios do Estado. Os grupos antissistema tão vingando e se formando. Mundo cão primo. Se vacilar é sal. Eu assumi tudo. Não tem pasta de dente que dê jeito em tanta ferida na alma e no corpo.

Comecei a ler a Constituição e é mó mentira. O mentiroso Artigo 5 diz: "Ninguém será submetido a tortura nem a tratamento desumano ou degradante."

Aqui tudo é uma questão de sim ou não e de como você vai lidar com as pessoas. Nesses muros altos um olhar errado é sentença. Se você não tem palavra é treta. Somos animais levados ao extremo. A sua atitude mede o quanto tem de animal na veia. Querem a gente bicho. É a meta é o plano deles a gente se acabando se matando bebendo um o sangue do outro. Pro Estado a gente é só mais um número e mais nada.

Aqui tem quem manda passa produz vende compra usa vigia protege paga o arrego paga o pato morre. Pra não morrer a mulher de alguém vira puta na visita. Somos moeda de troca sem perceber. Somos o lixo da sociedade.

A cadeia é dos presos. Somos vítimas e reféns de nós mesmos. Eles só de longe olhando. Eles não mandam aqui dentro. Um playboy da Aldeota taria aqui? Hoje eu dou valor aos anos que perdi na escola. Por que é difícil ensinar a gostar da escola? Por que a escola não é agradável? Se você olhar bem parece cadeia.

Falando em escola sabe quem eu trombei aqui? Nabuco Nandim Pitoco e o Dedé tudo da época da escola quando a gente era pequeno. Olha o sistema como é.

Muitas coisas na cabeça Dario. Mas fico contente em falar com você mesmo que seja por carta.

Manda um abraço para a sua namorada Samira com todo o respeito.

Eu estou tomando banho de sabão em pedra quando tem. Se puder fazer esse corre e tentar ajudar em alguma coisa agradeço.

Que Deus ilumine seu caminho. Fique com Deus.

Abraço na família e fica bem.

Ass.: FRANCO

ESPERO RESPOSTA.

Era tarde de sol no presídio, Franco não quis sair para o banho de sol. Passou água no rosto e aproveitou o momento para refletir sobre a carta. A alma de bandido confundia os pensamentos.

***

Ao terminar de ler a carta do primo, Dario pensou na trajetória de vida dele. O encontro de Franco com os antigos amigos da escola na cadeia não era coincidência. Amigos que se cruzavam nas ruas e nas prisões. Tentavam quebrar as correntes da exclusão por outros caminhos, e agora estavam presos em labirintos de olhos e de muros altos. Sociedade de grades, códigos e gramática própria. Em liberdade, continuariam presos ao redemoinho macabro.

Franco tinha muitas razões para entrar no crime, poucas para sair. Quando percebeu, estava de cabeça feita e alma de criminoso. Dario o havia visto virar bandido, uma alma inconformada disputando a personalidade dele em surtos de arrependimento e de arregaço. Ele comentava os preconceitos sofridos nas entrevistas de empregos. "Poderia ser eu no seu lugar", pensava. "Ah, das duas, uma, eu não quero desandar."

O sistema começou a trabalhar na alma do Franco de maneira que se sentisse um mal à sociedade. O isolamento, a culpa e a dor deixaram de ter o efeito desejado. Nos interstícios carcerários, outros sistemas atuam pregando uma contramola sistêmica e paralela ao Estado, seja nas ruas ou atrás das grades.

É fácil entrar na mente de uma pessoa que nunca teve poder de comprar os produtos da propaganda. Só conhece o Estado vestido na farda policial. É simples recrutar soldados em um mundo de exclusão para assaltar o que a eles é negado. Contra o Estado é simples organizar um exército armado de desempregados, de jovens com e sem instrução, sem moradia e poder de consumo; vítimas de preconceito na TV, agredidos e assassinados pela PM. Gerações de famílias nascem e morrem no crime. Um chamado inevitável das sequelas sociais que tomam a alma e empurram à marginalidade. A sociedade alimenta seus próprios monstros.

O silêncio de Franco em relação ao parceiro de Artigo 157 custou desmaios e agressões sem hematomas. Afogamentos, sacos na cabeça, água com drogas e proposta de redução de pena. Desistiram, mas, antes, Franco recebeu sequências de socos do cabo descontrolado que fez curso com torturadores da ditadura, por isso, achava ter domínio sobre qualquer preso. Franco sabia que se entregasse o amigo, assinaria sentença de morte. Os parceiros de cela sabiam o porquê do estado debilitado do novo preso e o deixaram descansar. Tatuagens, hematomas e cicatrizes significavam respeito naquele mundo.

As falhas do sistema, Franco conheceu quando chegou. Um suicídio aconteceu durante a madrugada. Todos na cela foram acusados e levados a júri popular.

O juiz imberbe leu a acusação e explicou o ritual jurídico narrando os acontecimentos que levaram à presença de todos ali. Mais uma vez, os sobrenomes e a pele escura se repetiam.

Diante do exposto, os apenados são acusados conjuntamente de matar o prisioneiro José Silva por enforcamento na cela. Concluiu o juiz.

Durante a acusação, o promotor de justiça exibiu os jargões jurídicos desconhecidos pelos leigos. Mesmo com o objetivo de incriminar os presos, ele disse que faltavam "elementos conclusivos" nos autos do crime.

A advogada dos réus questionou a falta de provas no processo, enfatizando as contradições da acusação. Em seguida, o juiz deu o direito de defesa aos acusados.

Naquela noite — falou Franco —, tinha tomado Diazepan, amarelinho, e dormi depois do recolhimento pras celas, doutô.

Como conseguiu o remédio? Indagou o juiz.

Todos que têm problema de dormir conseguem o remédio,

doutô. Outros presos dão pros parças quando sobra. Aí, sinhô, acordei com o barulho de que tava o colega enforcado no cobogó. Era o José que tinha problema dos nervo e ficô internado um tempo no Estênio Gomes. Ele num sabia lidá com os outros preso, sofria de perseguição, num tava acostumado na vida de cadeia. Ninguém conhecia ninguém, sinhô. Como é que nóis ia ter rixa com quem nós nem conhece?

Com pontos de vista diferentes, os demais réus seguiram narrativas parecidas de que a vítima tomava remédio excessivamente.

O juiz reforçou a ausência de provas diante do acontecido e sugeriu que o júri levasse em consideração essas observações. O júri popular entendeu o recado.

Os presos tinham os semblantes inquietos diante do resultado que poderia influenciar a saída de alguns nos próximos meses. O júri absolveu todos em virtude da ausência de provas. Eles sabiam o poder da narração para forjar uma verdade.

***

A tia Aurora era uma mãe aos sobrinhos. Ela passava correndo em casa para ver as crianças e esquentar o almoço. Com o tempo, o filho Franco assumiu a função de cuidar dos primos Dario e Kátia. Aurora queria toda segurança do mundo às crianças e deixá-las fortes para uma vida minada de perigos.

O mundo criança seguia paralelo à vida adulta. Às vezes, faziam do trabalho uma brincadeira. Dario fazia experimentos, como ovo frito com açúcar, pipoca doce, bolo, bolinho de chuva sem leite e ovo, clara de ovo com farinha e açúcar para fazer suspiro, arroz com colorau, leite com laranja para virar Yakult e arroz doce sem leite. A vizinha olhava as crianças da Aurora. Entre afazeres domésticos, comidinhas de verdade e de mentira, tornavam-se adultos.

Aurora e Firmino gastavam a vida em trabalho, raramente podiam levar os filhos à escola. As recomendações eram as de sempre: olha as brincadeiras, o arroz tá pronto, feijão tá na geladeira, responsabilidade, cuidado, fique em casa, cuide da casa, não saia por aí, cuide da sua irmã, do irmão, tem ovo, o dinheiro do pão está em cima da mesa, não vai comer tudo, juízo, não mexe no que é dos outros, deixa comida para os outros e, se acontecer alguma coisa, chama a vizinha.

Da escola para casa, Dario, Kátia e Franco faziam o caminho com a turma do bairro, evitando andar sozinhos, conforme recomendavam os pais. Dario assumiu a função do primo e passou a esquentar a comida da irmã. Quando passava em casa, Franco almoçava sem esquentar e ganhava a rua, começou a guardar segredos do que fazia, onde estava e com quem andava. Dizia que estava trabalhando, mas estava com os adolescentes considerados.

Firmino sabia que Dario precisava crescer com responsabilidade. Kátia ficou mais tempo com a tia Aurora. O pai desconhecia a intimidade feminina para orientar a filha, deixou o assunto a cargo da irmã.

O filho acompanhou o pai nos bicos que apareciam aos sábados. Trena, linha, massa, esquadro, prumo, serrote, serra, canos, reduções e outras utilidades da obra que Dario aprendeu. Detestava o mau cheiro nos canos entupidos. Enquanto muitos perdiam tempo com arames podres de sujeira, Firmino colocava sacos nas mãos, empurrava a mangueira de água no cano, pedia que ligassem a torneira ao máximo e vedava bem o cano com pano. A pressão da água empurrava a sujeira sem dificuldade.

As coisas podem ser fáceis, mas se dificultamos, aí elas pioram, dizia Firmino, muitas vezes trocando a palavra "coisas" por obra, trabalho, mundo e vida.

Os baques da vida foram cedo para todos eles. Franco teve o pai alcoólatra que agredia a mãe. Firmino não aguentava ver a irmã apanhando do cunhado. Ela confiou na presença do irmão para protegê-la quando disse ao marido: "Pega as suas coisas e vai embora!"

Valdo olhou o cunhado e ficou em silêncio, pegou as roupas que conseguiu e saiu. O menino Francisco, que virou Franco pela sinceridade com os amigos, entendeu que o pai precisava deixar a casa. Valdo era mais um homem entediado na vida. Ao chegar do interior, acreditara que teria um salário digno. A rotina do trabalho-casa-trabalho-casa e o pouco ordenado o destroçavam. Por que tinham que ganhar uma miséria? Queria ser como os outros e manter-se de cabeça baixa. Valdo destilava a razão em doses diárias de cachaça.

Franco ajudou o pai embriagado muitas vezes. Valdo sóbrio sentia vergonha das pessoas comentando suas bebedeiras, quedas e discussões. Por fim, juntou-se ao time de papudinhos das esquinas e dos botecos que escarravam os dias.

***

Dario mentalizava as palavras fortes da carta de Franco. Das frases do primo, associou a outras e refletiu sobre o mundo em que vivia. "Fábrica de desilusões", o sistema todo. *Compre mais, compre mais, supere seu adversário.* E olha aqui onde vivemos. Isolados, sem nada, a sarjeta da cidade. Tudo aqui empurra ao mundo errado. Drogas, mídia, ***status***, carro, alpiste como dão aos bichos. Como não entrar no mundo do crime?

"Caixadágua é só mais um FDP", pensava Dario. Fazia de tudo para evitá-lo. Desviava das encruzilhadas de becos e pracinhas frequentadas pelos malandros onde Caixadágua estaria. Tudo isso porque a namorada Samira deu um fora nele.

4
Flores

Uma flor nasceu na rua!
Carlos Drummond de Andrade

Bom dia, seu Genaro. Disse Dario.

Dia, garoto. Compra pão lá pra gente. Respondeu o patrão.

"Preciso estudar", pensou Dario consigo mesmo. "Nos querem burro. Tenho que fazer faculdade, minha mãe merece."

Terminar o de sábado, seu Genaro? Perguntou Luiz ao patrão.

E depois fazer a fila andar. Respondeu Genaro.

Luiz era o gerente e primeiro mecânico da oficina, Clarindo o segundo. Dario e Zezinho os ajudantes que faziam o serviço sujo e pesado. Lavar peças, trocar pneus, carregar o macaco de cima a baixo, encaixar nos batentes dos carros, lixar infinitas vezes latarias recuperadas com rebocos de massas. Dario demorara a se acostumar com o barulho do compressor na cabeça. Achava desconfortável ficar embaixo do automóvel, desconfiava do pequeno macaco sustentando um peso daquele. Recordava o aviso do mecânico Luiz: "Se ouvir barulho e tiver embaixo, sai! Se não sair, já era!"

Às vezes, Dario esquecia o lado certo de soltar os parafusos do pneu e se lembrava das palavras do pai: "Basta olhar o relógio, se voltar para trás, desparafusa o tempo."

Se pudesse, desregularia o tempo, fazendo-o trabalhar a seu favor.

O expediente terminava, Dario guardou as partes dos jornais

que pretendia ler. A pasta de limpeza das mãos acabou, recorreu ao método rústico de esfregar as mãos no chão com detergente e areia. Genaro mão de vaca!

No caminho para casa, Dario passou de bicicleta pelo Cambeba, bairro que queria seu metro quadrado valorizado, como Aldeota, Meireles, Varjota, Fátima e Papicu. Canetadas de políticos e empresários segregando a cidade na valorização dos terrenos. A bicicleta economizava passagens. Ficou em dúvida se passaria na casa da namorada, ainda era segunda-feira, mas queria vê-la.

Boa noite, dona Maria. Falou Dario.

Boa, meu filho.

Estão floridas as plantas.

Num é! São Amarílis, aquela é a Pata de Elefante, essa é a Flor do deserto.

Todas têm uma bola na raiz?

Eu gosto desse tipo de raiz. Elas saem lindas de dentro desses caroços.

Eu sei bem pouco de planta, dona Maria.

Começa assim mesmo, aos pouquinhos vamos aprendendo. A Samira está no quarto, vai lá ver o que ela está aprontando.

Obrigado, dona Maria.

Ao entrar, deu "Boa noite" ao sogro Belmiro, que respondeu:

Diga lá, garoto? Sábado o Quixadá vai levar chibata do Ceará. Esse seu Fortaleza, sei não.

Dario não sabia com quem o time dele jogaria e ficou sem resposta. Tinha cobrado de si acompanhar um pouco o futebol para ter o que conversar com o sogro e tentou disfarçar:

Que isso, seu Belmiro? O senhor viu que o Fortaleza meteu de golada pra cima do Quixadá. O time tá bem no campeonato.

Mas não garante vitória na final.

Vamos ver.

Esse pessoal da Série C é tudo assim. Ironizou Belmiro, voltando ao trabalho de esquadrias e vidros em um cômodo próximo à sala. Tinha sido a forma que encontrou para ajudar a família após um acidente de trabalho quando descarregava chapas de vidro. Ele pulou às pressas do caminhão no momento em que uma chapa com três metros trincou e caiu em cima dele.

Dario abriu devagar a porta do quarto da namorada.

Como você entra assim? Perguntou Samira deixando de lado a apostila com diferentes temas e tipos de redação.

Eu tenho é moral.

Ambos riram.

Como você está, menino?

Bem. Do trabalho, você sabe.

E você sabe o que vai fazer quando terminar a escola, Dario?

Estou pensando, não se preocupe.

E o que você tem pra mim?

Eles combinaram sempre ter uma novidade cultural para contar um ao outro.

Nas horas vagas ou no banheiro do trabalho, Dario buscava conhecimentos sobre música, filme, ciência e literatura. Do muito que via e lia, pouco era ensinado na escola. Gostava da matéria de Geografia do Vinícius, com quem sempre aprendia uma maneira nova de pensar e ver o mundo.

Para o desafio semanal, Samira pesquisou nos livros da escola a esmo. Ela estava no terceiro ano do Ensino Médio e ele no segundo. Ela falou do poema "A flor e a náusea" do Carlos Drummond que a deixou inquieta, prometeu prestar mais atenção às flores.

Parece que esse Drummond escreveu sobre muita coisa, Dario. Acho que ele tem um poema para tudo. Tem uma poesia dele sobre propaganda, chama-se "Eu, Etiqueta", onde ele diz que somos manipulados, dependentes, escravos e ficamos contentes, propagandeando sem ganhar nada. Viramos coisa, deixamos de ser gente. Acho que ele é o nosso maior poeta.

Quando eu falei com a professora, ela disse que o Drummond achava o Manoel de Barros.

E quem é esse?

Um cara do Mato Grosso que fazia da própria vida uma poesia, escrevia e confeccionava o próprio livro. Morou um tempo na cidade e ficou chocado, dizia que quando os olhos dele estavam sujos da civilização, ele ficava com desejo de árvores e aves.

Que bonito. E a gente nessa doideira.

A nossa cultura é muito rica. Tem a história também de um fotógrafo francês chamado Pierre Verger que viajou o mundo. O tipo de foto dele lembra o brasileiro Sebastião Salgado. Depois do Verger conhecer a África e o Brasil, ele começou a notar semelhanças culturais com os povos africanos e os descendentes daqui. Ele leu o livro *Jubiabá*, de Jorge Amado, e ficou curioso em conhecer a Bahia. Diz aí o que ele descobriu?

O quê, menino?

Percebeu que culturas, religiões, rituais, orixás e alimentação permaneceram semelhantes ao longo dos séculos com a população descendente de africanos que vieram forçados ao Brasil. Mesmo a igreja querendo apagar e perseguir suas culturas, elas sobrevivem.

Nossa!

Samira adorou a visita, mas disse que precisava estudar os diferentes temas de redação. Beijaram-se com olhos de desejo. Dario partiu contente, pensando na intimidade da namorada.

***

Firmino estava para chegar, a irmã perdia-se na televisão.

Não viva os sonhos dos outros, menina! Advertiu Dario ao chegar em casa.

Me deixa! Lá-lá-lá-lá-lá-lá-lá. Disse Kátia, enquanto assistia à novela no canal que há décadas lucra confundindo sonhos e o país.

A adolescente Kátia identificava-se com as raras mulheres de pele escura que apareciam nas novelas. Durante o comercial, ela trocava de emissora, esperava identificar algum conhecido, uma gíria, um artigo penal desconhecido ou o nome de mais uma facção nos programas policiais.

Franco mandou abraço, Kátia. Comentou ao sair do banho.

Ele disse quando sai?

Não sabe ainda? Ele assumiu o B.O. para não ter problemas, então vai demorar.

Todos os dias, Dario chamava a irmã antes de ir ao trabalho. Firmino saía mais cedo para rasgar a cidade de Fortaleza, da Messejana à Aldeota. Ao Dario cabia a tarefa de acordar a irmã para que não faltasse à escola. As consequências do atraso escolar e a falta de vontade levaram a dois anos de repetência. A jovem ganhara a experiência de que o tempo para ela na escola estava parado. Os professores diziam as mesmas coisas, faziam as mesmas questões e cálculos. Ela na mesma série, enquanto os conhecidos avançavam.

A professora Eleonor conhecia a história da jovem e aconselhou que tivesse compromisso com os estudos. Kátia gostava quando alguns professores se preocupavam com ela.

Eleonor precisava conhecer os estudantes para se aproximar deles da forma correta. Sabia o que sofriam fora da escola, e quando eles estavam na sala, a professora sentia que precisava fazer valer cada momento. Preocupava-se em mudar a realidade dos discentes, mas nem sempre conseguia, estava fora do seu alcance segurar as vidas de algumas crianças que se perdiam no labirinto sem fim da criminalidade. Naquele mesmo dia, Eleonor soube de um pai bêbado espancado tanto pela PM que desmaiou.

5
Sebo

Marinalva orientou o filho Carlos acerca do mundo que encontraria no trabalho. Pediu que sentasse no sofá gasto, mas limpo, como a casa e os móveis, e esqueceu de baixar o volume da novela.

Senta aqui um minutinho, filho.

"É humilhante! Não, eu sou a mãe, eu devo resolver tudo!"

Oi, mãe?

Olha, toma cuidado, lá é prédio, têm normas, você precisa ficar sempre atento.

"Você deveria mesmo, mas não consegue."

Vou precisar, mãe.

"Se ao menos o papai não tivesse metido nesse assunto."

Filho, num lugar com muita gente, você vai encontrar pessoas de todo tipo, principalmente as que sobem na vida em cima dos outros. Passam a perna na própria mãe. Não queira ser melhor que ninguém. Faça o serviço direito e com dignidade.

"Iríamos do caos ao colapso total, isso é uma constatação, não uma crítica. O patriarca vai resolver o assunto e não pode ser considerado um intrometido."

Pode deixar, mãe.

Nada de querer ser mais esperto que os outros. Não deixe de estudar. Faça o bem para andar de cabeça erguida.

"E eu estou apta a acabar com você, viu? Covarde! Na hora do vamos ver, né?"

Vai ser puxado.

O que vem fácil se perde.

"Recolha-se, Frank!"

Vou tomar cuidado e vai dar certo, mãe.

Marinalva traduzia ao filho o aprendizado de vários serviços pelos quais passara. Relatava indiretamente os problemas e as provas de fogo vividos com colegas trapaceando, roubando, assediando e patrões testando com merrecas deixadas pela casa.

Não é fácil, mas você se acostuma. Caminho errado dá em buraco.

"Claro, né, ele é o mestre de obras. Ai... um dia, um dia eu vou ser a mestre, e não vai ser de alvenaria, nem de arte, não. Um dia, eu vou mandar, vou resolver, vou decidir, vou fazer tudo por aqui. Ai de quem não me obedecer!"

Carlos pensou nas últimas palavras da mãe: *Caminho errado dá em buraco*. Se eu começar errado, no futuro vou ter problema. No que será que ela trabalhou? Ele conhecia os tempos de trabalho na limpeza.

Pensava em comprar as coisas que sempre quisera com o novo salário e não podia. O lava-rápido fora a única experiência. Havia sondado outros lugares, inclusive a oficina onde o amigo Dario trabalhava, e nada. No lava-rápido, aguentou o patrão que falava aos gritos. Alguns ouviam acusações sem culpa. Admirava o seu Andrade, que ouvia tudo e nada dizia, ele fora caseiro no sítio do patrão, que ao desfazer da propriedade, sugerira que trabalhasse lavando carro como misericórdia. Carlos não queria aquilo para ele.

***

No fim da tarde de sábado, Dario foi à casa do amigo Carlos, eles gostavam de colocar os assuntos em dia sentados no batente do portão.

Carlim, foi estranho, nem sei explicar.

Como assim?

O Franco estava falando todo indignado, dizendo que a gente sendo certinho só se fodia. Vivíamos na miséria, enquanto muitos iam fodendo a gente.

Ele tem até razão.

Sim, só que a forma de sair disso precisa ser a que ele escolheu? O caminho errado, você sabe.

Ele tava doido pra meter as caras.

Parecia que algo tinha entrado nele. Tinha virado outra pessoa. Uma alma de bandido entrou nele.

Poderia ser um de nós.

Falei à madrinha dele, não consegui dizer à tia Aurora. A notícia ruim acabou chegando.

E a madrinha dele disse o que na época?

Ela passou a se envolver e disse que eu era cagueta.

Putaquepariu!

Você sabe o que acontece se a polícia pega a gente junto.

Quantos como ele aqui.

Outro dia vi numa matéria que uma menina da favela morreu brincando de roleta russa.

Doidice medonha.

A gente vive em uma das cidades mais violentas do mundo, Carlim, e o país é um dos mais desiguais.

Salve-se quem puder. E no meio disso tá a gente lutando para ser alguém e sem condições.

Gente de bem mora aqui, mas temos que tomar cuidado com as outras.

E como, hein.

Dario e Carlos foram ao centro de Fortaleza no sábado de manhã, conforme combinaram no último encontro. Desceram na praça Coração de Jesus.

Como essas pessoas conseguem dormir na rua, Dario?

Boa pergunta.

Estão aumentando as pessoas que vivem assim, né não?

Lembro que eram poucas. A sociedade é desigual. Eles deixam as pessoas assim, como se dissessem "Cuidado para não ser o próximo".

Eu não duvido nada.

Dario lembrou-se do perigo de alguém atear fogo nelas.

Carlos e Dario tinham vergonha de carregar sacolas vendo pessoas naquelas condições. Compraram uma água quando o preço foi acessível.

Carlos contabilizava os gastos e as compras do primeiro salário: uma calça, três camisetas, cuecas, uma bermuda, chinelo. Precisava guardar dinheiro e ajudar a mãe.

Dario comprou cuecas e uma bermuda. O tênis não foi possível dessa vez. Camisetas e calças, ele tinha as que a tia trazia dos patrões.

A motivação em acompanhar Carlos era procurar o sebo na Rua 24 de Maio, indicado pelo professor Vinícius, que garantira ter livros baratos. Estavam na Rua Liberato Barroso e pediram informação ao mototaxista, que avisou para seguirem direto até o Theatro José de Alencar, depois dobrarem à esquerda.

Um rapaz vendendo CDs no meio da rua tocava a música *Negro drama,* dos Racionais. Dario cantou o verso que iria começar:

"De vergonha eu não morri, tô firmão, eis-me aqui."

Carlos deu risada e repetiu com o tom de voz do vocalista:

"Aê, você sai do gueto, mas o gueto nunca sai de você, morou mano?"

Entraram na Rua 24 de Maio.

Aí, é verdade. Confirmou Dario.

Andaram pela calçada do lado direito, quando Dario viu a janela gradeada com livros dentro. Era o primeiro contato com um lugar daqueles.

Ficaram deslumbrados com os livros na entrada, nos corredores, nos cubículos, nas estantes giratórias e atrás da mesa de um senhor que educadamente perguntou:

Pois não, rapaz, o que procura?

Dario estava mais à frente de Carlos e, encabulado, perguntou:

O senhor tem algum livro do Lima Barreto?

Enquanto Carlos perdia-se nos títulos e capas de livros, Dario pensava em comprar alguma obra do escritor carioca que tinha origem humilde igual a deles.

Olhe aqui atrás que vai encontrar alguma coisa do seu agrado. Disse o senhor, apontando um cômodo.

Obrigado. Agradeceu Dario.

Ele sabia que ir à prateleira pegar o livro e entregar ao cliente não seria bom negócio, era necessário estimular o desejo por outras obras. Dario chamou Carlos, que o acompanhou, mesmo sabendo que o amigo era desinteressado. Nas prateleiras, Dario encontrou muitos autores desconhecidos, queria saber o máximo que pudesse sobre eles. Pensou em trabalhar naquele sebo e ler de graça muitas obras. Os artigos e matérias de jornais que lia eram resumos, necessitava ter opinião sobre a obra.

Foi assim quando uma professora falou mal do Lima Barreto, reduzindo o escritor a: "Alcoólatra!". Dario tinha lido uma biografia sobre o escritor carioca e respondeu:

Tem que ver o que levou ele à bebida, professora. Ser negro, pobre, sem mãe, pai doente. Naquela época deveria ser difícil para ele.

A professora falou que pensaria sobre o assunto e no dia seguinte disse que Dario tinha razão.

Carlos, você tem que comprar um livro.

Estou procurando, são tantos.

Sem perceberem o tempo passar, Dario e Carlos perderam-se nas paredes de livros. Nas salas emparedadas de obras, cada autor deixara ideias e impressões sobre o mundo. Em meio ao cheiro de tempo no sebo, os amigos ficaram mais de duas horas olhando, lendo e folheando páginas de livros.

Enquanto Dario procurava alguma obra de Lima Barreto, folheou as páginas dos livros *Morte e Vida Severina, Grande Sertão: Veredas, Malagueta, Perus e Bacanaço, O Cheiro do ralo, Manual prático do ódio, Fogo Morto* e *A Sangue Frio,* cuja capa com a imagem do revólver 38 levou-o a más recordações.

Descobriu que o escritor João Antônio era um admirador de Lima Barreto. Deixou o livro dele separado e partiu ao encontro de Lima. Viu uma obra de Mário de Andrade e o associou ao Machado de Assis, uma vez que ambos os autores foram chamados de brancos, mas não eram. Conheceu a biografia do Dostoievski escrita pelo Boris Schnaiderman. As fotos do escritor russo eram de um homem emblemático que precisava desvendar além dos artigos de jornais.

Ao encontrar obras do Lima Barreto, Dario imaginava o reencontro com um irmão. Se pudesse, compraria muitos livros. Pensou em pedir desconto no *Triste Fim de Policarpo Quaresma* e no livro do João Antônio. Ao lado, viu algumas revistas que conhecia das matérias de jornais. Pegou a Bravo, que tinha o Basquiat, a Carta na Escola, com uma matéria sobre Edgar Allan Poe, e a *Revista Cult,* com a foto do Glauber Rocha.

Escolheu, Carlos? Aí a gente pede desconto nos três livros e nas revistas.

Estou em dúvida nesses.

Carlos estava indeciso entre *O pequeno príncipe e O menino maluquinho,* que Dario leu e achou chato. Sugeriu o do príncipe, pois havia gostado dos comentários nas matérias de jornais que lera.

Depois você me empresta.

Certo!

Dario entregou as revistas e os três livros, pedindo desconto, o senhor avaliou com calma e falou um valor que agradaria os novos clientes.

O preço tá bom? Perguntou o senhor.

Sim, vamos voltar mais vezes. Obrigado. Respondeu Dario.

Pagaram e foram ao ponto final da linha de ônibus do Messejana. Dario memorizou o caminho para retornar outro dia.

Carlos, contente com o emprego, olhava os prédios e as avenidas deixadas pelo ônibus à medida que saía do centro. Quando o ônibus passava na Avenida Aguanambi, viu uma garça pousada na mureta, que ignorava o tráfego de carros e mantinha-se atenta ao córrego. Mostrou a Dario o prédio com o símbolo enorme de um funil na fachada.

Então poucos passam pelo funil? Perguntou Dario.

Parece que sim, ou é só aparência.

Para Carlos, o símbolo do prédio faria mais sentido meses depois, ao entrar em contato com outros arranha-céus. Os coletivos cortavam a cidade recolhendo os trabalhadores.

Ao chegar na Messejana, a normalidade do bairro seguia em paz. "Se você não me valorizar, vai me perder", Dario pensou na namorada. Um cachorro mancava andando com as patas diagonais. O cão esnobou o carro, que por maldade, quase passou por cima dele. Da batida, o cachorro ganiu alto e correu. Agiu na força do querer viver. O motorista partiu sorrindo.

No final do beco, Carlos e Dario viram os meninos da função acompanhados pelos pretendentes a qualquer cargo na empresa sem CNPJ, FGTS, PIS, Seguro Desemprego, carteira registrada, hora extra. Entretanto, armas, drogas e maldade à disposição. Os jovens interessavam-se na longa e intensa fila de vidas curtas. Gigantes dispostos a fazer castelos e ruínas.

Dario fingiu não ver o Caixadágua, que olhou de lado para ele.

Carlos leu orgulhoso a frase na parede da casa: "Preta, linda e princesa". O irmão da autora da frase contentou-se em escrever o: "a,B,C,d". Outra criança desenhou uma lâmpada mágica para realizar seus desejos.

Carlos e Dario passavam pelas famílias que conversavam nas calçadas, eles se despediram prometendo um próximo passeio.

Um homem solitário passou vendendo marujinho balançando um pequeno sino.

Vai ler o livro, né?

Carlos deu risada e concordou com a cabeça. Dario chegou em casa pensando em Caixadágua e nos conhecidos que reduziam suas vidas àqueles becos em conversas de final trágico.

6
Lima Barreto

A vida que Dario levava não bastava, o sofrimento da infância queria esquecer. A professora Eleonor dizia que precisavam ter vocabulário mais vasto, podiam utilizar a maneira informal deles e conhecer outras formas de se expressarem. Em uma aula, ouviu da professora:

Vocês precisam ter cultura. Vão atrás, se informem, busquem, pesquisem. Não se acomodem.

Como era tarde e a biblioteca da escola estava fechada, Dario passou na reciclagem do Mauro e procurou nos jornais velhos a palavra "cultura".

Seu Mauro, preciso fazer um trabalho da escola e vou olhar os jornais.

Olha lá, menino, cuidado. Apontou um quartinho onde ficavam todos os tipos de papéis, protegidos da chuva.

Revirou jornais e o que mais encontrou foram classificados de carros, motos, casas, apartamentos. Dario viu tirinhas, artigos, matérias, porém a palavra cultura não apareceu. Sentou na pilha de jornais e começou a mexer. Arrancou algumas partes e separou.

Em uma matéria, deparou-se com a foto de um homem negro enfrentando a câmera. Olhava com a cabeça inclinada, olhos vivos e sombreados de olheiras. O que ele havia feito? Na foto, parecia encarar a vida, o tempo, a sociedade.

Dario identificou-se com ele. Leu o nome que tinha abaixo da imagem: Lima Barreto. Tentou puxar na memória se ouvira falar dele. Levantou a imagem do escritor para ver os detalhes do rosto. Lima olhava para Dario, e este sentia-se confortado com olhos de quem lê o mundo. Do mesmo modo que o escritor, ele perdera a mãe. Inspirou-se nele. Foi assim o primeiro encontro com Lima Barreto, que agora estava lendo.

Dario ficou comovido pela história do pai do escritor internado no hospício. Se passaram mais de 100 anos e a vida difícil continuava. Como aguentar? Quem de nós? A foto parecia tirada ontem. Mesmo em um hospício, era o mais lúcido, mas o queriam louco. Dario releu a matéria guardada por muito tempo. No outro dia, foi à biblioteca da escola e tirou outras dúvidas sobre a palavra cultura.

Dona Madalena trouxe o dicionário, falando:

Esse é o melhor, você vai gostar.

Obrigado.

Dario pronunciou: H-O-U-A-I-S-S, depois descobriu que o homenageado do dicionário fora pobre como ele. Descobriu que a palavra "cultura" era tudo o que um povo produzia: cinema, arte, literatura, pintura, idiomas, jornais, revistas, pessoas e arquitetura.

A escola era um refúgio, a biblioteca mais ainda. Inicialmente, pegou os livros com figuras grandes, imagens bonitas e poucas frases. Passou a ser exigente e encarou obras com textos maiores. Brigou com os bocejos e sonos que chegavam durante a leitura. Não podia, todas as vezes, deixar o livro de lado e ir dormir. Passamos horas em frente à televisão e brigamos para ler um livro.

Nas primeiras leituras, queria derrotar o gigante do pé de feijão. O gênio da lâmpada poderia conceder-lhe três desejos, dessa forma, ajudaria familiares, amigos e conhecidos. Ajudaria o Nildo e a sua irmã doente. Será que o amigo precisava de outro tênis?

Aos poucos, conheceu Shakespeare, Dom Quixote, Frederick Douglass, Marighella, Chica da Silva, Ângela Davis e Martin Luther King. Essas e outras personalidades levaram Dario a refletir que sabia pouco, à medida que se aventurava nos livros e nas matérias de jornais.

Dario despertou de um para-lama que lixava quando ouviu o patrão dizendo: "Vou resolver uns problemas no banco e volto logo." Porque não dizia que ia na casa da amante? A mesma que ele relatava aos amigos: "Não é prato principal, é um vinagrete, mero acompanhamento nem sempre usado".

Pensou na dona Elizabeth, que raramente aparecia na oficina com a filha que desejava ser médica. A jovem usava a camiseta de um dos grandes colégios que tinham a educação como negócio. A frase no uniforme escolar exaltava o narcisismo dos alunos, garantindo aprovação nas melhores universidades brasileiras.

A filha dominava conteúdos e fórmulas necessários ao vestibular e era incapaz de discernir o pai que tinha. A amante satisfazia o velho fedendo a cigarro de uma maneira que ele sempre precisava voltar. Nas saídas do seu Genaro, cada funcionário assumia um posto de folga, Luiz e Clarindo ficavam na frente da oficina a espreitar carros, mulheres e saber as fofocas da vizinhança.

O ajudante Zezinho ora ou outra reforçava a conversa e o olhar sobre as mulheres, mas preferia as nuas das revistas. Dario corria aos recortes de jornais dizendo que a moleza acabaria quando encontrasse outro emprego. Naquela tarde, conheceu nos jornais o geógrafo Milton Santos e a escritora Conceição Evaristo. Descobriu as dificuldades que passaram para um dia estarem naquelas páginas.

Em outra matéria rasgada às pressas, conheceu Albert Camus

e ficou claro para ele que a pobreza também chegava aos brancos. Todavia, o povo negro enfrentava a pobreza e o racismo na sociedade de maneira imensurável.

***

Antes de começar o trabalho, Firmino perguntou da pescaria no fim de semana ao amigo:

Pegou muito peixe, Zé-Pedro?

Rapaz, fui pegar não, os parentes trouxeram umas coisinhas.

Ali é que tem fartura de peixe, homi.

De fome, ninguém morre no Serviluz. Disse Chico.

Um dia desses vou pescar por lá. Avisou Firmino.

Vocês estão mais que convidados.

O mestre de obras interrompeu a conversa dizendo a todos "Bom dia", o que significava começar os trabalhos.

Pelo menos o grosso dessa obra está acabando, Zé-Pedro.

Mais um monte de pedregulho em pé, Firmino. Agora é só retoque, mais um prédio que a gente nem parar em frente vai poder.

O prédio localizado na região da Aldeota seguia o padrão predial de vida: muros, proteção, segregação e vigilância. O desejo urbano estimulado, vendido e comprado com satisfação.

Firmino, ao perder Marta, não encontrou outro amor. Nenhuma mulher acalmava-o com os olhos, foi assim até o último momento. Ele achava suficiente visitar uma vez no mês uma moça na "casa de massagem" indicada por um dos colegas de serviço. Firmino era carinhoso com a jovem Paula, que evitava perguntas. Contou sobre a vida de Marta se desfazendo em seus braços.

A moça desejava ser amada daquela forma um dia, sensibilizava-se com aquele amor. Até conhecer Firmino, ela desacreditava que existisse. Paula confortava-se ao ser escolhida por ele. Preferia os clientes simples com quem pudesse conversar e ser respeitada, pois com esses transava com prazer.

Firmino era um cliente fiel, sentia trair a moça saindo com outras. Quando Paula precisava mudar o local de trabalho, deixava o número pessoal dela e dizia o novo endereço. Às vezes, reclamava das dificuldades, e ele aconselhava:

A vida não é fácil, Paula, ela é difícil, e se a gente colocar mais dificuldade complicamos mais ainda. As barreiras existem e temos que ir derrubando. Se a gente criar mais e mais, a vida sai dos trilhos.

Vou fazer isso e deixar de criar mais problemas. Disse, deitada ao lado dele.

Tem que enganar os problemas.

Riram. Paula gostou do riso forte de Firmino. Ela era filha da cidade grande: sexo cedo, abuso, necessidade de dinheiro e independência. Queria sair e perdia-se no caos da cidade e da família. Almejava envelhecer longe dos bares e das esquinas. Firmino agradecia o atendimento e saía satisfeito e culpado.

Os amigos da obra aproveitaram o sábado de sol quente e quebraram a rotina na pescaria.

Zé-Pedro, estou saindo de casa. Avisou Firmino pelo celular.

Não tem como errar, passou do Moinho, avistou o Farol do Mucuripe, você dá sinal que eu tô esperando na parada de ônibus.

Enquanto o ônibus passava pelo grande Moinho, Chico pensou se havia trabalhadores lá dentro. Viu o Farol do Mucuripe deteriorado pelo descaso do governo. Hoje apagado no tempo, mas iluminara navios, barcos e pescadores perdidos no mar sem fim. Firmino deu sinal para descer e chamou Chico, que meditava sobre o contraste dos grandes prédios bonitos na beira da praia e a favela escondida.

Ao descer do ônibus, eles cumprimentaram-se.

Deixei tudo no jeito, hoje vocês levam uns peixes. Disse Zé-Pedro.

Vim pensando no saco da volta. Comentou Firmino.

Se o ônibus tiver lotado na volta, basta gritar "Olha o peixe" que o povo sai do caminho. Falou Chico, e todos riram.

No caminho pelo bairro Serviluz, Firmino e Chico impressionaram-se com a comunidade paradisíaca à beira-mar.

Isso aqui é outro mundo. Disse Chico, surpreso, enquanto paravam em um banco de pedra.

Tão bom que quem chegou, não sai. A gente é filho e neto de pescador vindo de longe. A pesca deu muito dinheiro uma época, mas sempre pros grandão. Daqui saíram os jangadeiros Jacaré, Tatá, Manuel Preto e Jerônimo reclamaram da exploração com o presidente Vargas. Eles foram inté o Rio de Janeiro numa jangada. Os pescadores fazem ciência com o vento, o céu, o mar e as estrelas.

Um professor de surfe próximo deles disse:

O Brasil começou aqui.

Como é? Perguntou Firmino.

Explica aí, Mestre Zumbi. Aqui é o professor de surfe dos meninos. Eles treinam e vão longe. Respondeu Zé-Pedro.

A história que deixaram de contar é que o espanhol Vicente Pinzón chegou aqui antes de Cabral. Se o espanhol ficasse, era briga com Portugal. Como aqui tem essa diferença na geografia, instalaram o Farol do Mucuripe em 1840. E pela fartura de peixe, teve início uma colônia de pescadores.

O que tem nos livros é mentira? Perguntou Chico.

Pois é... Agora vocês me desculpem, eu preciso ir. Boa pescaria.

Aprendi uma coisa hoje, Zé-Pedro. Falou Firmino.

Tem dia que a gente acorda de mau humor e senta um bocadinho numa pedra dessa e pronto.

O mar acalma. Interferiu Chico.

Meninos e meninas daqui foram pra Europa e outros cantos ganhando medalha em cima dessas tábuas. Uma menina aqui tá ganhando o mundo, Tita Tavares. O Porto é bem ali, tão vendo? disse Zé-Pedro, apontando os guindastes. Daí vem gente de todas as partes e muitos produtos saem daqui. Tem vez que chega navio tão grande que parece um prédio deitado.

Aqui é o paraíso, Zé-Pedro, vale muito. Disse Firmino.

Vivem querendo tirar as nossas casas. Inventaram um estaleiro com emprego e tudo, mas querem é varrer o povo!

É sempre assim. Confirmou Chico.

A sorte foi a prefeita apoiar a luta dos moradores. Se dependesse do governador, a gente não estava mais aqui.

Pegaram os instrumentos de pesca que Zé-Pedro deixara no bar e viram familiares e crianças participando de um bingo numa rua próxima. Ele disse que o povo do bairro gostava. Caminharam no longo espigão para facilitar a pescaria. Zé-Pedro terminou de passar protetor solar e entregou aos colegas dizendo que era bom para não descascarem depois. Pararam no local onde o amigo sabia ser ideal para pegar peixe. O silêncio era interrompido a cada peixe pescado por Zé-Pedro.

O dia incomum marcou Chico e Firmino. Quebraram a rotina e ganharam uma semana de mistura com guaiuba, biquara e piraúna. Zé-Pedro pegou bastante peixe e dividiu com os amigos.

Homi, eu queria era morar aqui, tem um quartinho por aí? Brincou Chico, admirando o entardecer.

Riram.

Eu agradeço a visita, e bora marcar mais vezes.

Deixa eu olhar mais um bocado a belezura desse pôr do sol. Falou Firmino.

7
O Amor nasceu

As salas de aulas nos dois lados do corredor com as portas em diagonais permitiam que alguns alunos pudessem ver o que se passava entre as salas. Muitos estudantes conversavam em gestos mímicos, no momento em que os professores estavam distraídos. Havia aqueles que fechavam a porta dizendo que o barulho atrapalhava a aula.

Os lugares trocados ao acaso durante a aula de Matemática do professor novato possibilitou o encontro de olhares entre Samira e Dario. Ela tentou despistar, fingindo atenção na aula, mas voltava os olhos sorrateiramente.

Quando tocou o sinal no final da aula, Dario ainda copiava as atividades e os cálculos. Se fosse outra matéria, pegaria as anotações com um colega, porém tratava-se da disciplina do calcanhar de Aquiles da sua vida. Ao terminar, saiu correndo da sala e percebeu que era um dos últimos alunos. Olhou a saída e não a viu.

Carlos reclamou da demora e disse amenidades escolares, respondidas pelo amigo, que estava em outra órbita. Pensou em falar da menina, e sentiu que não era hora. Na descida da rua perto da favela, avistou Samira de longe com as amigas. As aulas do dia seguinte seriam biologia e português, e ambos os professores sabiam das conversas pantomimas. A professora mandou uma amiga substituí-la, Dario gostou da ideia e teve que copiar tudo, pois aquele conteúdo era nota extra.

A porta abriu, Samira e Dario se olhavam novamente. Nada

os atrapalhava, nada os intrigava, e sim um ao outro. Ele observava acanhado, ela estava com o olhar curioso. Dario voltou a atenção à professora de Biologia, que parecia saber muito sobre a vida na Terra, as doenças e a origem da vida.

Tanto tempo na evolução do mundo e o homem, que é o mais novo, destrói tudo. Marte que nos aguarde. O ser humano se sente o rei da cadeia alimentar e é um dos animais mais frágeis. O jornalista Washington Novaes alerta há muito tempo: ou a gente muda a forma de viver ou a história do homem será uma catástrofe. Explicou.

Samira carregava alegria no olhar. Dario balançou a cabeça em sinal positivo, ela fingiu não ver. Na silhueta do rosto da futura namorada havia sorriso. Ela lentamente fez um gesto de positivo com a cabeça, sem olhar para ele. Ficou eufórico sem saber o que significava exatamente aquele sinal. O que falaria com ela?

Antes de sinalizar "Sim", Samira sondara se ele andava com bagunceiros, se gostava de estudar, se iludia as meninas e se valia a confiança.

Então é sim? Falou Dario ao final da aula, em meio ao natural empurra-empurra dos alunos durante a saída.

Sim o quê, menino?

Queria dizer a palavra "ficar", mas controlou-se.

Podemos conversar, ser amigos?

Ah, sim, claro. Mora na favela três ruas acima da minha, não é?

Não sabia disso. Está me espiando, hein?

Égua! Eu vi você dobrando a rua outro dia, menino. E qual é o seu nome mesmo?

Dario.

O meu é Samira. Por curiosidade, qual o seu signo?

Acho que é escorpião, nasci no mês de novembro. Por que quer saber?

Os signos podem revelar algumas coisas.

Dario desconhecia o universo feminino. Ela recordou que o signo dele era forte, flexível com instinto paternal e no amor era tudo ou nada.

Ele achou que o signo havia passado no teste, afinal, ela não dissera nada de ruim. Samira idealizava que poderiam ser moldes místicos se encaixando na conspiração do universo.

E qual é o seu?

Libra.

Aquele que tem a balança?

Isso mesmo.

Acho que tem a ver com justiça, equilíbrio e vontade de unir as partes?

Sim!

Ambos riram, e ela continuou:

Até que você entende.

Nada. Eu invento, às vezes dá certo.

Vou acreditar.

Samira queria ser advogada e defender os injustiçados. Pessoas surradas pela PM, presas ou assassinadas por eles. Perdera amigos e parentes para as drogas; era cantada pelos colegas; desejada pelo Caixadágua, em quem dera um fora, por isso ele odiava Dario.

As notas na escola ajudaram-na a encontrar um estágio remunerado na papelaria. "Aos poucos vou ampliando meu currículo e depois consigo algo melhor", acreditava. O gerente começou a fazer elogios. Evitou, fingiu e ignorou, conhecia as intenções dele. Uma estagiária lhe confessou:

O chefe paga bem!

Samira balançou a cabeça negativamente, desacreditando no que ouvira. A colega cedeu e se vingou do namorado. Samira e Dario pensavam em estudar e melhorar de vida juntos. O estágio remunerado não significava aguentar abuso. Se fosse advogada, colocaria o maníaco na cadeia. Ninguém da sua família chegou à universidade, dizia para si como uma oração de estímulo.

Faculdades particulares surgiam da noite para o dia, sanando um déficit universitário. Uma gambiarra educacional frente ao abismo universitário do país. Terrenos descampados tornavam-se elefantes brancos em "excelência" acadêmica.

Ao Estado interessa uma bolha quantitativa. Números a serem mantidos e manipulados com matrículas ampliadas e repasses governamentais garantidos. Políticos, ministros e empresários surfam na onda.

Samira estudava muito para garantir uma vaga no vestibular e se destacar na massa universitária.

8
Mãe é infinito

Se eu tivesse a minha mãe
Oh que grande felicidade
Foi a única mulher
Que me amou com sinceridade
Nas suas orações.
Incluía-me no pensamento
Para Deus cortar-me as aflições
E livrar-me dos sofrimentos.
Maria Carolina de Jesus

Às vezes, ao acordar Kátia de manhã, Dario pensava: como seria se minha mãe estivesse viva? Escondido da irmã e do pai, ele procurou documentos e fotos. Kátia havia se esquecido dela.

Para Dario, a mãe era um espírito de luz iluminando seu caminho. Algumas coisas que o ajudavam a rememorá-la, ele guardou, como o garfo ornamentado, a xícara marrom e o pano de prato rendado e florido.

Jerônimo Firmino saiu da zona do crime em que morava para um local menos perigoso da favela. Temia que a história se repetisse e perdesse mais familiares.

Firmino ficou sabendo de outras versões sobre a morte de Marta. No desleixo da segurança da boca de fumo, os PMs de balaclava agiram. O programa policial divulgou as drogas, os traficantes presos e os quatro revólveres 38. Os moradores que assistiram ao programa estranharam aquelas armas velhas apreendidas, uma vez que a malandragem da região andava com automáticas.

No programa policial, a PM achou irrelevante a morte da moradora. Dario viu tudo de perto, e a memória contribuiu para esquecer a imagem da mãe caída e sangrando. Faria da sua vida um motivo de orgulho a ela. Nas fotos encontradas nas coisas do pai, ele reconheceu os traços da mãe na avó. Semblante forte, olhos vivos de quem enxerga além, lábios carnudos, testa grande e o nariz igual ao dele. A avó parecia uma preta velha que benzia crianças e adultos com folhas e rezas sagradas.

Na busca por documentos sobre a mãe, encontrou nas coisas do pai o registro de nascimento dela. Descobriu que havia nascido em 1973, em Salitre, interior do Ceará. A avó chamava-se Joventina. Dario tentava interpretar tudo aquilo que estava vendo.

Nas manhãs e tardes de sábado e domingo em que estava em casa, Marta fazia de tudo para que tomassem café e tivessem alguma refeição, como pão, bolacha, mandioca cozida, cuscuz, tapioca, bolo mole ou bolo fofo. Às vezes, pegava fiado na bodega do seu Miro e cumpria a promessa que fizera: "Meus filhos não vão passar fome. Vou fazer de tudo para que tenham um pouco de conforto."

Dario esqueceu as doze horas diárias de ausência da mãe dedicadas ao trabalho e perdidas no trânsito da cidade. O tempo se encarregou de apagar as lembranças ruins.

Marta evitava transferir a culpa dos problemas aos filhos. Negava-se a praticar violências contra eles, como via na comunidade. A mãe Joventina suportara as dificuldades sem apoio, ensinara-lhe o poder de passar por elas, aguentar e insistir: "Na luta da vida, fia, mió passá por dissabida que intendida, adepois ucê age na sua vontade", dizia, preparando a menina para o mundo.

A compreensão, a paciência, o respeito, a perseverança e a busca por conhecimento eram detalhes que a mãe moldara sem saber que desses valores outros surgiam, mas o mundo poderia confundir as crianças.

Dario aprendeu os nomes de objetos, utensílios da casa, frutas e verduras que ela pedia. O vocabulário do mundo entrava na vida dele sem perceber. O pouco que pudera, Marta incutira no filho a capacidade de resistir ao mundo.

Uma vez, Dario caiu enquanto brincava e chorou muito. Ela pediu que se levantasse e fosse passar uma água no rosto. Ao voltar, Marta abraçou-lhe e explicou que precisava daquilo na vida: "Mesmo sabendo andar, nós caímos, e você vai precisar levantar sozinho".

Dario pensava nas pessoas que tiveram contato e trabalharam com a mãe no bairro. Uma delas era dona Iara, sábado era um bom dia para falar com ela.

Em frente ao portão, Dario chamou pela senhora, e a filha atendeu dizendo que esperasse um minuto.

Olá, tudo bem? Falou Dario.

Tudo. Você é o Dario, não é? Perguntou dona Iara.

Sim. A senhora me conhece?

Eu vi você pequeno, faz muito tempo. No que eu posso ajudar?

Estou procurando informações sobre minha mãe.

Estudei e trabalhei com ela, sabia?

Não, achava que a senhora só trabalhou.

Fomos amigas de verdade, entra. Disse, abrindo o portão de ferro sem pintura.

Se não for incomodar.

Nada disso. É um prazer ajudar o filho da minha eterna amiga. Senta, acabei de fazer café.

Ele esperou na sala aconchegante com sofás forrados de lençol florido e mesinha de madeira de centro. Na parede, retratos antigos em foto-pintura e três quadros com os nomes Iemanjá, Virgem Maria e Nossa Sra. Aparecida.

Iara chegou com o café e despejou três dedos. Perguntou se Dario queria comer alguma coisa, respondeu que não. Ela disse que fosse tomando café, enquanto ia lá dentro.

Olha, aqui é a gente num casamento, e aqui numa festa que eu não me lembro bem onde. Contou mostrando a foto e sentando ao lado dele.

Dario pegou as fotos, imaginou a mãe olhando para ele. Cabelos macios e cheios, calça jeans clara, tênis. Em outra foto, o cabelo estava amarrado, sorriso sincero, nariz bem feito e um vestido amarelo.

Ela era bonita. Falou Dario ao ver a foto da mãe mais nova.

Sua mãe deu fora em muitos homens antes de ficar com seu pai. Em uma festa, um homem perturbou tanto que ela fingiu um encontro e o deixou esperando.

Em uma foto de casamento, Marta estava com um vestido alugado, como todas as pessoas da foto, mas destacava-se pela combinação das cores.

Meu pai fala pouco dela.

É uma dor que não esqueceu. Eles se amavam. A prova disso é que não encontrou outra mulher.

Não.

Deve ser difícil para ele.

Vocês estudaram e trabalharam na mesma empresa?

Terminamos o ensino médio juntas. Aqui onde moramos, as pessoas se ajudam a conseguir emprego. Ela bateu pé procurando trabalho de carteira assinada e conseguiu. Nas casas de família têm muita humilhação. Ela indicou muitas mulheres ao mercantil em que conseguiu emprego. Ficamos um bom tempo lá. Sua mãe era danada.

Ela fazia o quê?

Entrou na limpeza, depois promovida a repositora, porque era muito organizada. É provável que naquela época fosse promovida a caixa.

E os pais dela moravam aqui?

Não. Quando sua mãe saiu de uma região de Juazeiro do Norte, aquela do Padre Cícero, a mãe dela ficou. Trabalhava na roça. Ela veio tentar a sorte, lá era difícil. O que eu sei é que sua avó morreu, avô eu não sei. Veja com o seu pai. Deve ter algum parente lá ainda.

Dario continuava segurando as fotos, queria tê-las, tentou gravar na memória cada uma. Ela prometeu tirar cópias coloridas.

Dona Iara, eu acho que vou indo. Disse, não aguentando mais a emoção.

Olha, qualquer coisa que você precisar, pode vir aqui. Sua mãe é daquelas pessoas inesquecíveis. Eu não procurei você antes por receio. Cada pessoa enfrenta de uma forma a dor durante a vida.

Venho sim. Muito obrigado e desculpe o incômodo.

Que nada. E que as deusas e os deuses lhe protejam. Você virou um rapaz lindo.

Dario agradeceu. Ao sair da casa, as lágrimas caíram de saudade. Precisava falar com alguém aquela descoberta, e só havia a namorada. Chegou na casa dela, cumprimentou os sogros e entrou no quarto dizendo:

Eu consegui falar com uma amiga da minha mãe, vi fotos dela mais jovem. Ela tinha um sorriso lindo.

Deve ser difícil pra você.

Eu estava perdendo a imagem dela.

A namorada limpou as lágrimas dele, que insistiam em cair.

Vem cá. Disse, abraçando-o.

9
Mário Gomes

Sob anestesia, os fios são colocados à cabeça, à fronte do paciente, como fones. E ligam-se os fios à tomada elétrica. Embora anestesiado, há gemidos surdos e roucos, o corpo estrebucha, como um frango degolado.

João Antônio

O empreiteiro Marcel, dono da Siará Grande Engenharia, revigorou-se com os novos contatos e parcerias estabelecidos no evento da construção civil, em Brasília. Enquanto ouvia o empreiteiro palestrante, Marcel acreditava na expansão da empresa fora do Ceará. Não via a Siará Grande Engenharia na bolsa de valores ou entre as maiores, que chegariam a bilhões de faturamento, contudo, poderia criar um nome, um patrimônio que fizesse a família e os amigos identificarem nele um homem de sucesso.

Nós somos setor importantíssimo do país e com grande capacidade de expansão. Somos responsáveis por 4% do PIB. Empregamos, promovemos mudança social e fazemos parte da consolidação do sonho do povo brasileiro: a casa própria. Estamos em uma nova era e prosperando. Houve desoneração em mais de 90 produtos, dando fôlego à construção civil. O crescimento esperado é de 6,2% para este ano. O governo sabe da nossa importância e, em virtude das obras que terão que acontecer, estima-se investimentos estatais de 700 a 800 bilhões nos próximos anos.

O auditório ficou em burburinho com a revelação do empresário-palestrante. Todos desejavam uma fatia desse dinheiro. Ao fundo, imagens e gráficos em slides reforçavam o que estava sendo apresentado. Com a caneta infravermelho, dava ênfase em imagens e dados, prendendo a atenção da plateia continuou:

Vocês serão do tamanho dos sonhos que vocês quiserem, disse um filósofo. Se estão aqui, almejam mais. Vocês fazem parte das empreiteiras que constroem o país. Existem grandes empreendimentos com lobby e influência dentro do governo, e isso é bom. Eles são o que queremos ser. São exemplos administrativos e de cooperação com os governos ao longo da história. Governos não existem sem obras, e obras estão em todos os governos. E nós estamos lá! Os cargos políticos têm quatro anos. As empresas de vocês têm duração de quatro anos?

Não! Não! Não! Não! Não! Gritou eufórica a plateia.

Então, a nós interessa colaborar. Eles são políticos e nós, empresários. Se eles pensam na eleição, nós pensamos na construção em cadeia local, nacional e internacional. Há muitas coisas que eles dizem criar e propor, contudo, são sugestões nossas. Vocês acham que fundos com bilhões de ativos vinculados ao Estado (inclusive do trabalhador) financiando obras foram ideias deles? Dinheiro parado e nós à disposição de trabalhar, de promover o sonho da moradia. Ora, vamos tocar obra neste país. Vamos trabalhar e promover o sonho da casa própria, seja qual for o governo. Obrigado.

Os empresários aplaudiram o palestrante de pé.

Como os demais, Marcel saiu do auditório para o *coffee break* com os novos amigos. A aproximação intermediada por um lobista facilitou o contato com um engenheiro paulista.

Preciso de uma mão de obra de fora do Sudeste. Deixou claro Bianco.

As conversas paralelas nas demais mesas não desviavam a atenção dos empreiteiros cearense e paulista. Marcel compreendeu o que o empresário estava propondo e falou:

Meus peões são contratados fora da capital. Tenho um funcionário especializado nesse serviço.

Então, estou falando com o homem certo.

***

Dias depois, Chico e Carlos foram informados da proposta de emprego em São Paulo. Chico não comentou o assunto com Elenilce. O mestre de obras Aldélio achou que ele recusaria a oferta.

Chico chegava aos quarenta anos e a recusa poderia vir acompanhada de demissão, acreditava. Tampouco conhecia a famosa "Sumpaulo". Sair do trabalho com tanto tempo e enfrentar as longas filas de emprego seria humilhante. E a filha Clarinha? Pensava na melhor maneira de explicar à Elenilce.

Chico e Elenilce foram ao centro no sábado de manhã e gastaram o PIS que ele recebera. Para ele significava comemorar. Ela adorava sentar na Praça do Ferreira, mas antes passaram na Praça dos Leões. Clarinha sentou ao lado da estátua da escritora Rachel de Queiroz, em frente à Igreja do Rosário. Por um instante, a menina fantasiou que a mulher estava viva.

Chico gostava da Praça do Ferreira, onde o fluxo de pessoas era maior. Sentar lá era motivo de desopilar as ideias, pensar na vida e na filha. Satisfazia-se vendo a menina brincar. A vida poderia ser singela, sem a gente rodando na betoneira.

Na praça, ele viu-se em cima de mais um prédio olhando todos como bonecos. "De perto, eles têm expressividade, riem, estão vivos", murmurou consigo.

Elenilce deixou Clarinha interrogar a vida dos pombos enquanto descansava no banco da praça. Ao lado deles, um velho olhava, media, fiava e refiava o tempo do qual era senhor.

Chico viu o poeta Mário Gomes vestindo um paletó preto desgastado. Sem camisa e de peito aberto, fazia o mundo bater ao ritmo do seu coração. Um papudinho desviou o poeta da meditação habitual:

Me dá um cigarro, Mário?

O poeta deu o cigarro e levantou-se olhando do alto a tudo e a todos. Tinha a cabeça enterrada no peito. Chico notou que, se o terno estivesse um pouco mais limpo, ninguém diria que a rua era sua morada. O poeta defendia-se contra esse tipo de pensamento: "Ninguém mora em rua não, rapaz. A gente mora dentro da gente!" Quem sabe queria desvendar a vida e a sociedade por outros ângulos. O poeta estava disposto a pagar o preço.

O senhor ao lado de Chico percebeu a curiosidade e preocupou-se em desfazer a imagem negativa acerca do Mário Gomes:

Aí é o poeta do Ceará que rodou o Brasil. Ele tem a cultura cearense e a carne marcada de poesia. Ele come as ruas, deita nelas, lambe o céu, cutuca as estrelas, sobe na lua, dá dedada no sol, dorme em diversas constelações e faz intriga no zodíaco para amar e ser amado por todas as mulheres. O poeta é um furacão de palavras doces e lindas. Grande e pobre Mário Gomes. Um doutor deu uns choques na cabeça dele achando ser o remédio.

O homem é importante e brinca com as palavras? Perguntou Chico.

Brinca, dorme, come, enfeita, floreia. Desculpe não me apresentar. André, ao seu dispor.

Prazer, Chico.

Elenilce ouvia a conversa e gostou da explicação do senhor, mas precisavam ir. Chico agradeceu ao ancião. Dali partiram para o Beco da Poeira. Apresentaram o Theatro José de Alencar à filha, que se encantou com os anjos da fachada, os vitrais coloridos e as máscaras. Clarinha abriu a boca, inclinou a cabeça e arregalou os olhos, repetindo a encenação das máscaras. A criança expressava uma das artes mais belas representadas nos palcos e na vida. Os pais não viram a esquete instantânea dela.

No Beco da Poeira, ele comprou cuecas, três camisetas, duas bermudas e, pensando em São Paulo, achou melhor comprar uma calça jeans. Elenilce queria entender aquele gasto. De lá seguiram em direção às paradas de ônibus, no Parque das Crianças. Entraram na fila para o bairro da Messejana. Precisavam almoçar rápido porque viajariam ao interior no início da tarde.

Mulher, vamos nos atrasar.

Não vamos, Chico.

Pai, a Chiquita tá lá na vó?

Tá esperando você pra papagaiar um monte de presepada, filha.

Chico lembrou-se do Sabiá-laranjeira, o pássaro insistia contra o tempo. Os pés de empoleirar estavam retorcidos, dificultando os movimentos. O repertório bonito recusava cantar. O máximo que fazia era piar. O alaranjado no peito desbotou e os olhos ficaram assustados. Chico colocou comida, limpou as sujeiras e, por misericórdia, deixou a gaiola aberta.

Era início de tarde, pessoas viajavam para visitar os parentes no interior, outras faziam o trajeto diário de trabalho na região metropolitana de Fortaleza. Queria ver os pais antes de viajar para São Paulo, ainda pensava em como contar à Elenilce.

Na Praça da Messejana, pegaram a topique "Pacajus-Fortaleza". Viajar é enganar a rotina do mundo. No interior era a paz, um retiro espiritual familiar, apego à terra, hábitos simples e sossego à alma. Acreditava que um dia faria o caminho definitivo e nunca mais voltaria. Poderia ter criações, plantar, pronto!

Enquanto o transporte coletivo acelerava, carros fugiam pelo retrovisor, outro em sentido contrário denominava-se na testa do para-brisa: MONSTRO. Chico não se importou. Reparou algumas cruzes na rodovia. Um carcará observava imponente o tráfego. Aves passavam por cima dos carros, outras milhares engaioladas eram trazidas das aviculturas a Fortaleza.

Lembrou-se de um amigo da obra que trabalhara em granja: "O pior lugar que trabalhei. Fede, fede muito. A gente bota os frangos num saco e por vingança eles cagam, você leva nas costas aquele saco fedorento que não tem banho que tire o cheiro".

Chico viu um trator derrubando árvores e limpando o terreno. Quando criança, a BR-116 era cheia de mato, agora muitas empresas tinham sedes na região metropolitana.

Clarinha viu uma árvore de garças, de algodão, de nuvens.

Encantou-se com um caminhão lagarto que balançava as partes do corpo quando andava. Admirou-se com as motos que passavam fazendo "zummm" feito moscas sumindo da vista.

Clarinha, estamos chegando. Falou Elenilce, acordando a criança.

Ela desceu com a filha e chamou pela sogra no portão a poucos metros da rodovia.

Dona Chica? Dona Chica?

A senhora saiu ajeitando os cabelos.

Chico pegava as mochilas, enquanto Nilce cumprimentava a sogra.

Bença, mãe. Cadê o pai?

Bença, fio. Tá enfurnado nos matos. Já ele chega. Ô menina linda. Falou dona Chica à neta.

Vozinha, cadê a papagaia?

Tá trepada acolá, vai lá atrás dela, tome cuidado.

Dona Chica gritou pelo marido no meio do terreiro, sem saber exatamente onde estava:

Chega, Zé! Chico tá aqui, homi.

O filho entrou e deixou as bolsas no quarto de hóspedes, enquanto os demais foram para a varanda.

Seu José Pereira, em passo manso, levava uma vaca e um bezerro ao curral. Com ar alegre, avisou:

Chego já. Justificou-se sem preocupação.

A vida dele é tá agarrado com esses bichos. Comentou a companheira.

Bença, pai. Falou Chico ao ver o pai passando com o tradicional chapéu de couro, bota, calça e camisa de manga comprida desbotadas.

Deus abençoe. Chego já.

Foi bem de viagem, fio?

Tudo bem, mãe, a estrada tá boa.

Ô menina linda. Repetiu a avó.

Cada vez mais esperta. Disse Elenilce.

Vovó, pega a Chiquita.

A Chiquita, Crarinha, tá acolá no pé-de-pau, quando descer a gente pega.

A menina olhava a papagaia de olhos vibrantes que estranhava aquelas pessoas na casa. A ave palrava, e Clarinha fantasiava que o pássaro falava-lhe segredos. Em seu mundo, a papagaia falante tinha magia que só ela podia desvendar.

Chico observou o terreiro e as árvores. Viu-se correndo e brincando com os amigos da infância. Gostaria de ficar ali de vez. Quem inventou que temos que sair por aí e ganhar o mundo? Nem ganhamos tanta coisa assim. Aqui é vida. Um dia daria certo.

O pai explicou a demora:

Essa vaca tá botando boneco. Aí tem que ficar pastorando.

Nada não, pai.

Já tomou café? Tem bolacha.

Vamos tomar?

Bora.

Mesmo sem fome, Chico queria sentar em paz com o pai.

E a betoneira da cidade?

O café ralo e doce remetia à infância.

Rodando feito doida, pai, mas vamos tocando. Acho que está pior do que a época em que o senhor trabalhou por lá.

Existem coisas no mundo que não têm melhoria, filho. Assim é a cidade. É um bicho vivo de coisas enganando e rodando a gente.

Nilce conversava com a sogra, contando os progressos da filha.

Após o café, foram todos ao alpendre, ocupado pelo primo do Chico e os filhos que haviam acabado de chegar. Cumprimentaram-se, Chico passou a mão na cabeça das crianças, que correram ao terreiro com a Clarinha, mesmo envergonhados da prima bem arrumada.

Muita obra por lá, Chico? Indagou Antônio.

Não corre muito, Clarinha. Avisou Elenilce.

Tem umas lá, Tonho. Acabou o tempo que se ganhava dinheiro com isso. Quem ganha são os patrões.

Us homi é só venha nós, os póbi nada. Disse dona Chica.

Bom é Sumpaulo. Falou Antônio.

Chico meditou a situação que vivia e, antes de comentar, deixou o assunto morrer. Descobriria depois se a cidade era isso mesmo.

É o que dizem, né? Cadê a sua mulher?

Foi pra banda da prima dela, chega já.

Está na época do caju? Perguntou Elenilce.

Tá chegando, mas num dá mais dinheiro como antes. Trabalho medonho pra uma mixaria. Respondeu a sogra.

E o teu irmão, João, por onde anda? Quis saber seu José.

Tá na lida, pai.

O homi aparece pouco. Disse seu José insatisfeito.

Demora, mas aparece. Três filhos não é brincadeira, pai.

Ele ligô dizeno que num vinha. Falou dona Chica.

Os primos da Clarinha trouxeram cajarana, manga e um passarinho para a menina, ela pediu que soltassem o bichinho. Assustada, a rolinha voou. Nilce avisou que as frutas estavam quentes e não era bom comer.

As poucas nuvens tingiam o alaranjado entardecer. O primo se despediu ao sinal das primeiras estrelas no céu. Dona Chica entrou para preparar a canja, seu José partiu ao galinheiro, Nilce banhava a filha.

A imensidão sem fim da noite chegava. Chico saiu ao quintal e olhou o céu estrelado que começava a aparecer. O firmamento se dilatava, fagulhas reluzentes enfeitavam a abóbada celeste, ao passo que grilos, sapos e piados de pássaros completavam a sinfonia da noite no sertão.

Chico perguntou acerca do futuro ao firmamento e cobiçou uma estrela cadente para dar sorte. Dona Chica chamou todos dizendo que a canja de galinha estava pronta. Clarinha dormiu cedo, cansada da maratona do dia.

O canto insistente dos galos despertou todos pela manhã. A água do chuveiro acabou no banho da noite anterior, obrigando os visitantes ao velho banho de caneca e água do tambor.

Seu José saiu cedo para ordenhar as vacas, dar de comer às criações, o café ficava para depois. Quando Elenilce, Clarinha e Chico terminaram de tomar banho, a mesa estava posta.

Dona Chica, pra que tudo isso, mulher? Perguntou Nilce.

Sertão é fartura, fia. Sinto é bem fazeno.

Mãe, tem que descansar.

Mais? Vô vivê na rede descansando? Tô nem pôdi. Mar menino.

Todos riram.

O pai tomou café?

Toma nada. O café dele primeiro é com os bichos. Já, já é vem e enche o bucho que faz gosto. Deixou um leitim de vaca, tá fervido já.

Eu poderia ter acordado cedo e ajudado a senhora. Falou Elenilce, desculpando-se.

Nada não, fia, você é visita. Coma, Chico, o quarenta tá gostoso, tem tapioca, bolacha e leite. Pra menina é forte.

Pego já, mãe, estou com a boca cheia.

Num faça desfeita não, ói, ói.

Pode deixar. Disse Chico, pensando nos reparos que precisavam ser feitos na casa, como cortar os "pés de pau", acabar com os ninhos de cupim, consertar as cercas, o chiqueiro e as telhas.

Outros primos da Clarinha chegaram e a menina corria livre sem a preocupação dos carros da cidade. Nilce deixou a filha brincando com as outras crianças na sombra da mangueira.

À medida que terminavam de comer, Elenilce adiantou-se em lavar a louça para deixar a sogra descansar.

Ô muié, deixa isso aí.

Não se preocupe, dona Chica.

O filho terminou o café, pegou um chapéu do pai, o serrote, afiou o velho facão na pedra do terreiro e podou o pé de Nim em frente à casa sem saber dos males da árvore.

Dona Chica contava a Elenilce os casos da região: a politicagem local, as traições, os maridos ruins, a pistolagem, os desmandos, as brigas entre familiares e os acidentes da rodovia.

Elenilce falou do trabalho com um patrão idoso em estágio avançado de surdez, da patroa sem memória e do filho alcoólatra. A sogra perguntou como aguentava e ela respondeu: "Nem eu sei."

Ela comparou a sogra mais velha, sem luxo, no sertão com a patroa doente e mais nova. As causas talvez fossem a vida doida da cidade, as comidas envenenadas, os remédios que atenuavam males e traziam outros. Obrigações e frustrações que desmiolavam qualquer um.

José terminou de tomar café e agradeceu a iniciativa do filho. Disse que o cuidado com os bichos não deixava derrubar os galhos que cresciam baixo na frente da casa. O senhor ajudou a puxar os galhos. Chico juntou as folhas e colocou no saco grande de lixo. Depois seguiu os rastros de cupim nos caibros e ripas que sustentavam as telhas coloniais. O pai voltou aos afazeres das criações.

Chico temia que o telhado caísse. Uma linha de caibro rachada precisou de reparos. Encontrou o ninho de cupim no tronco da mangueira atrás da casa. Subiu na árvore e encharcou de querosene. Desceu, fez uma tocha amarrada na ponta do bambu e acendeu, em seguida, encostou no grande caroço marrom e disforme que se desfez em chamas.

Os bichinhos tão morrendo, pai?

É bicho ruim, fia. Come casa, árvore e tudo.

Até gente?

Ainda não, fia, mas quem sabe um dia.

Eita, pai.

Elenilce e a sogra terminaram o almoço e chamaram todos para comer galinha cozida, pirão, salada, feijão da terra com maxixe e jerimum. Nilce e dona Chica fizeram os pratos dos maridos. A senhora advertiu que queria ver os pratos limpos. Pai e filho riram. Clarinha pedia refrigerante antecipado e a mãe disse que só havia suco de acerola.

Soubesse, tinha comprado um refri pra bichinha. Falou a avó.

Suco é mais saudável, dona Chica. Respondeu Nilce.

Elenilce almoçava pensando na volta para casa, antes organizou a bagunça deixada pela filha e lavou a louça.

A sogra pediu que dormissem um pouco. Nilce desculpou-se dizendo que descansariam na viagem, precisava deixar as coisas da semana feitas.

Seu José deixou separado um saco com mel, banana verde, um pouco de caju, jerimum, maxixe, macaxeira, manga verde, fécula de mandioca seca e feijão em garrafas pet de um litro. Quando viu o saco, Chico achou que era muita coisa.

Pai, não precisa disso tudo.

Chico, o pessoal que mandou pra tu. É só umas coisinhas, nada não.

Ele bateu a mão no ombro do pai e deu um beijo na mãe. Os avós abraçaram e beijaram a neta. Do portão, os pais despediram-se acenando as mãos, enquanto Chico, Nilce e a neta entravam no micro-ônibus com destino a Fortaleza.

A obrigação de retornar para onde não se quer. Chico pensou em dizer ao pai que viajaria para o Sudeste a trabalho, mas era tarde.

Em casa, o sabiá permanecia na gaiola como se nada tivesse acontecido. Clarinha perguntou ao pai por que não estava solta como a Chiquita.

Acostumou com a gaiola, filha.

Num é ruim? Gente consegue vivê assim, papai?

Não.

A proposta da construtora martelava a cabeça do pedreiro Chico. Despertou nele uma vontade inerente ao ser humano de sair por aí sem preocupação. Errante num mundo duro e injusto. Quem era ele? Para onde tinha viajado nesta vida? Interior, vai, volta, só. Só! Merecia. Um presente depois de tanto rodar na betoneira da obra. Trabalharia e conheceria outra região. Havia a dor de deixar a família. Sentiria falta do amor da filha. Nilce segurava as pontas.

A saudade começou a bater antes dele viajar. Trabalhar com os conterrâneos com propósitos comuns, obedecendo pessoas desconhecidas, mas faria o seu trabalho. Nunca foi de conversa fiada. Tinha que contar à mulher, adiara demais a decisão. No café da manhã do dia seguinte, Chico deu a notícia:

Nilce, a empresa fez uma proposta a alguns funcionários.

Que proposta?

Trabalhar uma temporada em São Paulo.

Como assim, Chico?

Ele inventou desculpas favoráveis, disfarçando a vontade de ir.

Junto dinheiro e volto. É para agilizar a obra lá. Tem bônus salarial e hora extra. Se eu me recusar, o que acontece?

E você é incapaz de conseguir outro emprego aqui, Francisco? Parece que você decidiu o que quer.

Chico fez uma breve pausa e indagou:

Eu?

Não, eu! Você tá defendendo ir. Tá de acordo! A decisão é sua e a filha também. Veja as escolhas que você faz na vida para não se arrepender depois.

Eu sei.

Homens!!! As coisas estavam indo bem demais, bem demais. Falou Nilce, indo ao quarto.

As várias versões sobre o gênero masculino começavam a se encaixar. Algo escondido se revelou. Em sua intimidade, Nilce repetia: "Homens! Homens! Homens!" Ela colocou-se em alerta diante do futuro.

Chico não queria se defender. A mulher não era uma preocupação, o problema era a filha.

Eu e sua filha merecemos isso? Perguntou do quarto.

Ele ficou sem resposta.

10
Cidade de Deus

Mas pode alguém enxergar o belo com olhos obtusos pela falta de quase tudo de que o humano carece?
Paulo Lins

Luiz, segura as pontas com o pessoal, que eu vou resolver umas coisas, volto mais tarde.

Pode ficar à vontade, seu Genaro.

Assim que o patrão saía, os mecânicos Luiz e Clarindo escoravam-se na entrada da oficina.

Aí, Luiz! Clarindo apontou com a cabeça uma estudante que passava.

A jovem ignorou os mecânicos. Luiz apertou o pênis. Para Dario, as matérias de jornais eram mais interessantes. Em uma delas, conheceu a história do poeta inglês Oscar Wilde e a perseguição realizada pelo governo inglês, que pretendia curar a homossexualidade do escritor.

Em outro jornal, deparou-se com o escritor Guimarães Rosa e descobriu que existiam muitos sertões no Brasil. Os animais pareciam ter vida em sua obra, como o Burrinho-Pedrês numa enxurrada, vencendo a morte e sonhando com o capim que comeria com o maior prazer do mundo. Dario trocou o animal pelo homem, a gente é o Burrinho chegando em casa e descansando. Sair de manhã desejando voltar, ter um salário no final do mês e pagar as contas. Animais humanos racionais e irracionais. Animais humanos. Fazem isso com a gente. Animal orgulhoso, vaidoso, esbanjador e com poder de compra.

Em uma notícia recente, ficou sabendo do filme *Cidade de Deus*. Conheceu o escritor Paulo Lins, morador da favela descrita no livro. Uma das tantas histórias passadas nas favelas brasileiras, mas aquela não seria esquecida. Dario lembrou-se da CDD cantada pelo rapper MV Bill na música *Soldado Morto*. Aproveitou a saída do patrão e viu a programação de cinema no jornal para o fim de semana, gravou os horários das sessões do filme, precisava falar com a namorada e o Carlos. Dobrou o jornal como encontrara e colocou no local em que o patrão deixara.

Na saída do trabalho, passou na casa da Samira e avisou sobre o filme, ela adorou. Carlos, Samira e Dario raramente saíam da favela, a não ser cumprindo os trajetos de sempre: trabalho, escola e, às vezes, compras no centro.

Carlos não gostava dos filmes brasileiros, desconhecia que o filme *Cidade de Deus* colocara o cinema do país novamente nas telas do mundo, o que não acontecia desde o governo Collor destruir o cinema nacional. Um presidente que desrespeita seu povo não está à altura de representá-lo.

No fim de semana, eles foram ao cinema. O caminho era longo, o primeiro ônibus empoeirado fazia o trajeto até o centro de Fortaleza. Lá pegaram outro coletivo.

Carlos remoía a proposta de trabalhar em São Paulo. O passeio e o cinema ficariam na lembrança. Detestava despedidas, era como se as pessoas partissem sem retorno. Chegando na região de prédios e do calçadão, Samira alertou:

Vamos descer na Beira Mar, depois subimos sentido centro, porque é caminho ao Centro Cultural Dragão do Mar.

Carlos e Dario concordaram. Samira tinha em mente a feirinha de artesanato. Os prédios chamavam atenção pela arquitetura e pelos nomes estrangeiros.

Na ferinha, eles tiveram vontade de comprar um pouco de cada coisa, carteira nova, camisa diferente, quadro, escultura. Dario e Samira concordaram em uma das impossíveis compras: um artesanato em madeira de São Jorge vencendo o dragão.

Não é bonito?

Muito. Respondeu Dario, disfarçando a infelicidade de não poder comprar.

O artesão sabia a necessidade de propagar saberes africanos. Avisou aos jovens com tom de pele semelhante ao dele:

A igreja proibia os escravizados de cultuar seus orixás, eles fingiam rezar aos santos e oravam aos orixás, assim, aos poucos, venciam a colonização. No candomblé, São Jorge é Ogum, senhor das causas impossíveis.

Eu ouvi falar alguma coisa. Respondeu Samira.

Dario ficou surpreso com o artesão. Carlos sentiu medo sem saber a razão.

Se tivesse dinheiro, daria a você de presente. Disse o namorado.

Quando você tiver dinheiro, eu vou cobrar.

Pode cobrar.

Quero é ver!

Samira encantou-se com o quadro de uma indígena e recordou as arbitrariedades contra eles.

Muita coisa para comprar e a gente liso. Ela comentou.

Todos riram.

Dinheiro eu tenho. Ironizou Dario.

Tá bom, sei. Falou Carlos, duvidando.

Samira comprou um porta-moedas para esconder as notas altas do salário.

Vamos indo, seus lisos. Brincou ela.

Eles agradeceram ao artesão.

Ó quem fala. Defendeu-se Carlos.

Samira mudou o tom da conversa:

Estão aterrando essa praia cada vez mais.

Uma hora o mar vai cobrar. Falou Dario.

Eu não moro na beira da praia mesmo! Disse Carlos.

O sol começava a cair e o vento fresco do mar suavizava o calor.

Um dia vou comprar um apartamento aqui! Falou Samira.

Todos riram.

Foi aqui que muitos começaram a progredir com os contrabandos no Porto do Mucuripe. Revelou Dario.

Quem disse isso? Perguntou Carlos.

Vi uma matéria sobre o escritor Jáder de Carvalho. Tem um empresário dono de muita coisa no Ceará que a fortuna da família veio daí.

Saindo da Praia de Iracema, eles chegaram ao conhecido Estoril, próximo à Ponte Metálica.

Casa legal. Pronto, não quero mais apartamento, vai ser uma casa assim. Comentou Samira.

O mar batia nas pedras colocadas para impedir o avanço das ondas.

Agora eu gostei. Olha esse bar. Falou Dario, surpreso.

Aí é o Pirata. Explicou Samira.

Parece que alguém passeia muito por aqui. Brincou Carlos.

Tem no jornal, menino. E o pessoal sempre fala. Defendeu-se Samira.

Chegaram à Ponte Metálica, que causava temor, pois era possível ver as ondas movimentando-se embaixo dela. Do local, via-se a extensa orla mais badalada do Ceará. Sotaques e línguas estrangeiras misturavam-se.

Os estrangeiros sabiam mais da cidade do que os turistas brasileiros. Estes tinham o estereótipo de que o Nordeste era miséria, seca e gado de pele e osso repetido muitas vezes na TV. Sertão e cidade eram as mesmas coisas. Acreditavam que as pessoas viviam de auxílio do governo. Jamais passava pela cabeça deles um extenso litoral, diversidade de prédios, praias paradisíacas, centro de convenção, bienal do livro, polos industriais e universitários, cidades desenvolvidas e o Nordeste em ascensão econômica.

Jovens afastados curtiam a brisa da cannabis. Carlos, Samira e Dario encostaram na lateral da ponte. Dario abraçou a namorada. Carlos olhava o mar e pensava no trabalho longe e desconhecido. Naquele instante, como as ondas, os pensamentos deles iam e vinham fortes e mansos. O mar como partitura da vida, notas de ondas em sensações distintas.

A trilha sonora dos jovens ao lado foi embalada por Bob Marley, 2Pac, Barrington Levy, Eak-A-Mouse, Tribo de Jah, Tiken Jah Fakoly, U2, Ponto de Equilíbrio, Costa a Costa e Filosofia Reggae, que cantava: "No mar podemos viajar, um banho pra comemorar."

Samira seguiu as sugestões da música e desceu, passou água no rosto, nos braços e fez reverência a Iemanjá.

Carlos e Dario esperaram Samira na ponte, enquanto olhavam o fluxo de pessoas e o mar.

Tudo muito lindo, mas está quase na hora. Falou Samira, voltando da água e retirando a areia da sandália.

Da próxima vez, a gente vê o pôr do sol com mais calma. Sugeriu Dario.

Também acho. Concordou Carlos.

Ao saírem, presenciaram um menino que deixou o celular do pai cair no mar pelas frestas da ponte. Dario falou baixinho à namorada:

O pai vai meter a mãozada.

Irritado, limitou-se a repreender o filho. A mãe confirmou a teimosia da criança. O irmão mais novo preocupava-se com tudo ali, menos com o celular do pai.

Puts, achava que o cara ia bater nele. Comentou Carlos.

Bater não resolve. Precisamos aprender isso. Disse Samira, imaginando um filho com Dario.

Carlos sugeriu pegar o celular e ouviu: "Já era!" da Samira. No caminho, passaram por bares e boates fechados, onde à noite muita coisa era permitida, inclusive a prostituição de menores.

Chegaram ao Centro Cultural Dragão do Mar com o sol tingindo o horizonte em suave aquarela. Compraram o ingresso para a sessão das 18h. Como estavam adiantados, passearam na ponte vermelha, que parecia sem fim. Desceram e sentaram no banco da praça com o céu em arrebol.

Tá quase na hora. Falou Dario, olhando o relógio de Carlos.

Entraram na fila que começava a se formar, mas, enquanto aguardavam, Samira viu a estátua do Dragão do Mar. Ela chamou Dario e deixaram Carlos guardando lugar.

Francisco José do Nascimento, o libertador que iniciou a nossa Abolição quatro anos antes da Lei Áurea. Contou Samira, orgulhosa.

Como eles conseguem fazer uma estátua dessas?

Arte e muito trabalho. Você percebeu que ele está olhando sentido a praia?

É mesmo. Deve estar olhando a região em que se recusou a embarcar escravos.

Verdade.

Dario voltou à fila e a namorada ficou olhando a barraca de cordéis cuja moça tinha cabelos cacheados como ela. Encantou-se pelas cores, histórias, pelejas da Vida contra Morte, Maria Bonita, Lampião, Padre Cícero, José Lourenço, Seu Lunga, Pavão Misterioso e os ratos engravatados.

Dario avisou à namorada que a fila começava a andar. Entraram e assistiram aos trailers: *Uma noite em 1967, Contágio, Lixo Extraordinário, Um conto chinês e O palhaço.*

Adoro o ator Paulo José, ele é original no que faz. Falou Samira baixinho para o namorado, que concordou.

Ao começar o filme, a maioria da plateia se espantava ou ria com palavrões, drogas, assassinatos, agressões e corrupções. Samira, Dario e Carlos conheciam os tipos de personagens projetados na tela. Miséria não é piada.

Buscapé era como eles, tentando fugir dos perigos da favela. Jamais confiar nos bandidos ou nos PMs. Zé-Pequeno era o Caixadágua na vida de Dario. Carlos vibrou com o Zé-Galinha até dar razão ao menino que vingou a morte do pai. Como acertar em um mundo que os lançava ao caminho errado?

O campo minado do sistema planta nas ruas e vielas das favelas dor, morte, medo e opressão. Na saída do cinema, ouviram a repetição dos palavrões e das gírias cariocas, como se estivessem assistindo a um filme de comédia.

Dario, Samira e Carlos tiveram outras impressões sobre o filme, que continuava na favela onde moravam. Anos depois, Dario leu o livro e concluiu que o assunto era mais complexo do que o abordado na tela.

11
A viagem

A Siará Grande Engenharia tem a honra de estar há trinta anos no mercado. Estamos fechando uma parceria importantíssima com uma empreiteira paulista. Achamos válida a proposta de entrarmos em um mercado de expansão, novos clientes, mais trabalho, mais empregos e mais renda. Isso exige de nós organização, eficiência e compromisso.

Mesmo empolgado com o que falava, o empreiteiro Marcel fez uma pausa e bebeu um pouco d'água para chamar mais atenção, então continuou:

A princípio, vamos fornecer mão de obra, visando acelerar obras no Sudeste. Em São Paulo, existem peões, contudo, sindicalismo e sectarismo, resumindo, descompromisso. Os que saírem daqui vão "fazer São Paulo" pensando no emprego.

Honorato era o cão de guarda do patrão e aliciador da mão de obra. Ele interrompeu a fala do empreiteiro dizendo:

É fácil aliciar peão no interior; da capital, peneirando, conseguimos alguns. Só que os do interior agarram a chance. Eles têm o sonho realizado duas vezes: ir à cidade grande com emprego garantido.

A mesa estava posta, a copeira Tereza gostaria que a reunião acabasse e enchessem o rabo de comida. Era irrelevante se a senhora estava há mais de dez horas na empresa subindo, descendo, carregando lixo, limpando e fazendo café.

Bianco representava a empresa paulista e fora a Fortaleza finalizar a negociação. Agradecia o convite e disse que a parceria seria sucesso. Impaciente com os rodeios da reunião, adiantou os comes e bebes:

Uma salva de palmas à aliança EngMaximus e Siará Grande Engenharia! Disse, levantando-se e batendo palmas.

Os presentes na reunião seguiram Bianco na comemoração. Tereza deu um sorriso de alegria. O momento significava uma nova etapa da empresa cearense.

Horas depois, Marcel encontrou Bianco em um restaurante da Beira Mar e discutiram as negociações básicas do contrato. Ficaram acertados a administração dos peões, o transporte, o alojamento e os salários. O envio dos peões, a administração e o vínculo empregatício ficariam sob responsabilidade da Siará Grande Engenharia. De construtora no Ceará, a entrada no mercado paulista limitou-se à prestação de serviço. A EngMaximus pagaria a terceirização e eximia-se de eventuais problemas.

Antes do encontro, Marcel ligou ao Bianco e ofereceu uma acompanhante de luxo como cortesia, entretanto, o engenheiro paulista defendeu-se dizendo que não era um político de Brasília.

***

Como vai, Chico?

Tudo bem, Zé-Pedro. E com o senhor?

Vamo tocando. E sua menina?

Crescida e dando trabalho, mas o que esse pessoal quer com a gente afinal, seu Zé?

No disse me disse da rádio peão, estão com obra nova e pediu pra gente aparecer.

Os trabalhadores terminaram o serviço meia hora antes para ouvir o que Marcel tinha a dizer. Eles sentavam em frente à tenda armada com cadeiras de plástico colocadas em um trecho de vão livre da obra. Quando o patrão chegou, somente os pedreiros antigos o reconheceram. Raramente pisava nas obras, aparecia no início do empreendimento e deixava o resto aos engenheiros de confiança. Achava melhor acompanhar os lucros, a alta do dólar, os rendimentos das aplicações, negociar terrenos a preços baixos e vender neles prédios a preços superfaturados com a participação dos bancos. Regra de ouro do capital. Marcel sentia-se um homem da elite.

Chico, eu conheci esse homem quando ele andava de carro peba. Falou Zé- Pedro.

Agora anda de blindado, né?

Sim! E eu no meu mercedão lotado cheirando peido, sovaco e sendo pinado.

Ambos riram. Zé-Pedro continuou:

Tem coisa que ninguém sabe, esse bicho tá aí garboso, mas tinha um depósito pequeno de materiais de construção. Peão que trabalhou com ele disse que a falcatrua rolava solta. Ele comprava materiais roubados. Aí você vê, facinho o homem subiu e começou a tocar pequenas casas, depois terrenos, pequenos prédios, aí tamo aqui num prédio desse tamanho e o homem falando bonito e se passando por honesto.

Quem tem, tem. Quem não tem, tá é lascado mesmo. Ele tá aí porque outros bandidos protegem ele.

Os trabalhadores foram sentando. Marcel vestia calça jeans,

camisa social azul e usava um capacete de proteção. Assim que o proprietário pegou o microfone, os funcionários ficaram em silêncio para entender a razão deles ali.

Antes, Marcel agradeceu a presença de todos, o empenho e o compromisso.

É com muita alegria que a Siará Grande Engenharia está à frente de mais uma obra, ou seja, mais emprego e esperança para todos. A dona Sheila e o mestre Aldélio falaram com alguns sobre a proposta que vocês têm muito a ganhar.

Alguns trabalhadores se olharam, o empresário continuou:

A empresa está em expansão, abrindo novas frentes de trabalho no Sudeste, e tem a honra de dizer que vocês fazem parte disso.

Zé-Raimundo falou baixinho ao Carlos:

Se eu faço parte, então cadê meu carvão?

Carlos respondeu com um sorriso no canto da boca:

A empresa tem a honra de convidar alguns de vocês nessa nova frente de trabalho. Por isso, contamos com a sua colaboração.

O patrão continuou falando, empolgado com o crescimento do setor. Traduzia os dados apresentados pelo empreiteiro-palestrante que ouvira em Brasília. Perguntou se as condições de trabalho estavam boas, e se quisessem fazer algum pedido ou reclamação, a hora era aquela. Ninguém se manifestou. Por fim, agradeceu a presença e disse que aproveitassem a comida.

Os peões responderam com uma salva de palmas puxada pelos funcionários da administração ao lado do patrão.

Firmino advertiu baixinho:

Deixa pra mim e não vale encher a marmita hein, Chico.

Se eu tivesse lembrado disso.

Quero lá ouvir besteira, eu quero é comer! Respondeu Zé-Raimundo.

Por mim, tacava um arroz e feijão junto com esses salgados. Falou o trabalhador Cara-feia, com fama de comer bem.

Carlos pegou de tudo um pouco: salgados, bolo de macaxeira, bolo mole, bolo pé-de-moleque, e preocupou-se em levar um pedaço para a mãe.

O empresário pensava em sair logo, mas esforçou-se em comer um pouco com os funcionários. Conversou com os mais antigos, relembrando histórias de alguns deles na empresa.

Carlim, tu vai mesmo? Perguntou Firmino.

Eu vou. Chico vai, aí não fico só.

Tendo um amigo de confiança ajuda.

Um ano passa rápido, seu Firmino.

A mulher dele não engoliu fácil essa história Dá uma força pra ele lá.

Pode deixar. Firmino, entrega ao Dario. Disse Carlos, passando um bilhete ao pai do amigo.

Tudo bem. Fica em contato com o Dario.

Ele é um irmão pra mim.

Dias depois, o ônibus saiu, poucos de Fortaleza foram chamados. A partida foi marcada na Praça das Crianças, no centro, e não na rodoviária. Carlos e Chico olharam as pessoas dormindo nas proximidades da Igreja do Carmo.

À medida que os trabalhadores foram chegando, o motorista confirmava os nomes e pedia que colocassem as bagagens pesadas no bagageiro.

Chico e Carlos saíram juntos do bairro.

Não vai ficar se cagando daqui até lá não, hein, Carlim.

Se precisar, vou ao banheiro. Disse, rindo.

Se eu não tiver enganado, a maioria do pessoal aqui é do interior.

O que isso quer dizer, Chico?

Pessoal novo fica amarrado ao serviço. E sua mãe reagiu como?

Você viu, ela chorou muito. Disse que cuidasse de mim. E a Nilce?

Humm! Cuidar dum marmanjo desse. Sua prima não entende. À Clarinha eu disse que precisava viajar a trabalho e ia demorar a voltar. Falei que ia trazer presente, mas criança a gente nunca sabe a reação com o tempo.

O ônibus saiu às 6h de quarta-feira. Pouco antes da partida, chegou o motorista reserva, que, enquanto o outro dirigia, deu instruções sobre os três dias de viagem e os locais de parada. Alguns disseram: "Ixi" e "Valha" acerca do longo trajeto. Alertou ainda:

Nós não vamos se responsabilizar pelos objetos de valor.

É dia demais, Chico.

Bom pra descansar a cabeça. Não estamos indo trabalhar hoje, nem amanhã, muito menos depois de amanhã, Carlos. Tá ganhando e reclamando. E toma cuidado com o seu dinheiro.

De folga e conhecendo o país. Eu vou dar um cochilo, acordei cedo.

Chico queria sofrer calado, apesar de parecer contente com a viagem. Talvez chorar se não houvesse pessoas por perto. Chorou por dentro. Carlos, próximo à janela, sentia o vento fresco, pensou na mãe e se emocionou.

Tudo era novidade aos passageiros que desconheciam a viagem do Nordeste ao Sudeste. Descobriam um Brasil com muita terra. No trajeto dentro do Ceará, notaram que a terra do Padre Cícero era longe. Ficaram sabendo os estados que passavam com os avisos do motorista. Pernambuco demorou a chegar e logo ficou pelo caminho.

Problema é Minas e Bahia. Falou um rapaz que viajara ao Rio de Janeiro. Ele tentara a sorte na cidade maravilhosa, onde os pontos turísticos badalados continuaram conhecidos por fotos ou pela TV. O Cristo Redentor podia dizer que vira de diversos pontos da cidade. A Uruguaiana era o destino de muitos como ele quando precisavam comprar roupas para o ano.

Entre os trabalhadores, havia a sede de viajar, viver experiências e a necessidade do trabalho. As dores faziam parte do caminho.

Em menos de um dia de viagem, o banheiro começou a cheirar mal. Os passageiros no fundo do ônibus reclamavam. Um sugeriu:

Macho véi, vamos cheirar todo mundo junto pra acabar logo esse negoço. Ô sofrimento.

Todos riram. Alguns lembraram o comediante Espanta.

As cadeiras do ônibus começaram a ficar desconfortáveis. Carlos interrogava as páginas de *O pequeno príncipe*, pensando em como seria a vida a partir daquela decisão. Achava estranho o menino sozinho no planeta. Teve vergonha de ler na frente do amigo. Disse que ele e Dario foram ao centro comprar livros usados.

Vocês estão mais que certos. Esse mundo de obra não dá futuro, vocês têm que ler e estudar mesmo.

Devagar as coisas vão se arrumando. Afirmou Carlos.

Ele sentia-se acolhido pelo amigo e retomou novamente a frase do livro: "O essencial é invisível aos olhos."

À tarde, almoçaram relembrando os amigos da obra.

Sobrou quentinha ou o pessoal não queria mais, o Cara-feia detonava. Disse Carlos.

Se você reparar, ele comia de olho na dos outros.

Carlos e Chico terminavam as refeições alheios aos demais viajantes e aos ônibus que chegavam e partiam. Um ritual rodoviário em que cada passageiro expressava busca, sonho, receio, medo, satisfação e saudade. O ir e vir da vida em razões diversas.

***

Elenilce evitou despedida. "Decisão dele, sem me consultar. Mulher não pode seguir homem cujo caminho é só dele" refletiu. Chico entendeu o gesto da companheira. Antes de sair, despediu-se da filha que dormia. A alegria que clareava sua vida estaria distante, não teria mais as perguntas desconcertantes. Ele apertou o maxilar, passou o antebraço nos olhos e recobrou força na nova etapa da vida.

Ao sair, passou na casa do Carlos, que estava com os olhos vermelhos. Bateu no ombro do amigo mais jovem e ouviu dona Marinalva:

Cuide dele. É o meu único filho. É tudo que tenho.

Chico cumprimentou-a dizendo:

Ajude a Nilce e a Clarinha no que precisar, dona Marinalva, por favor.

Chico falou que podia deixar com ele, ela respondeu que ajudaria a sobrinha Nilce.

"Ainda é possível desistir", pensou Chico, mas deixaria para trás uma vontade inexplicável. Precisava conhecer o mundo. Quando teria outra oportunidade? Ignorava o amanhã. Sonho e egoísmo movimentavam suas vontades.

Falou para Carlos em uma das poucas conversas daquele dia de viagem:

A vida é feita de vergalhão e concreto, mas somos de carne e osso. Se não prestar atenção, morremos girando na betoneira da vida.

Carlos consentiu com a cabeça.

O cansaço de dois dias de viagem aumentava na madrugada de curvas sem fim de Minas Gerais, deixando alguns passageiros sem sono. Carlos dormia enquanto o amigo olhava o céu e o nada na estrada escura. Ao amanhecer, o copiloto anunciou que era a última parada de café da manhã.

Ao chegarem em São Paulo no final da manhã de sábado do dia 11 de agosto, o ônibus deixou os trabalhadores no alojamento próximo ao Aeroporto de Congonhas. Chico chamou a atenção de Carlos para a favela próximo ao local.

O segurança recebeu os trabalhadores, levou todos ao alojamento e explicou:

Quatro beliches por quarto, vocês vão ter marmitex durante a noite, duas no sábado e duas no domingo, mais o café da manhã. Tem geladeira, fogão, armário e banheiro coletivo.

Deixou claro o limite da hora de entrada às 23h, alertou que eram proibidas festas e bebedeiras. Avisou que o ônibus da obra os buscaria às 6h na entrada do alojamento. Carlos ficou na parte de baixo do beliche e Chico na de cima, dois desconhecidos na outra.

Os conterrâneos que chegaram do Ceará não motivaram aproximação de Chico, que os achou descompromissados e brincalhões demais. Carlos se identificou com Vicente, que revelou dias depois outras três obras da Siará Grande Engenharia em São Paulo.

Ao final do dia, Carlos ligou para a mãe de um orelhão próximo ao alojamento e pediu que a chamassem. Quando ligou novamente, dona Marinalva atendeu emocionada. Tentou conter o choro enquanto o filho falava que o Brasil era grande. Ela queria saber detalhes dele naquele mundo desconhecido.

Onde você está dormindo?

Num alojamento, mãe, perto do Aeroporto de Congonhas. É bem organizado.

Meu filho, tome cuidado, pelo amor de Deus.

Estou tomando, mãe. Aqui parece tranquilo.

Cuidado com os carros.

Pode deixar.

O Chico está bem?

Está.

Cuidado com esse frio. Você não está acostumado.

Marinalva preocupava-se, mas satisfazia-se nas realizações dele.

Os trabalhadores aos poucos acordavam e davam "Bom dia" uns aos outros à medida que saíam das beliches. Um corredor ao lado dos quartos levava aos banheiros e aos chuveiros coletivos.

Acorda pra cuspir, Carlos. Dormiu bem?

Dormi, Chico, e você?

Deu pra cochilar. O frio ajuda na hora de dormir. Parou os estudos para vir, né, Carlos?

Foi.

Estude enquanto pode, rapaz.

Tive que dar uma pausa. Fiquei curioso em conhecer isso aqui.

Um dinheirinho a mais ajuda. Quando se tem filho, você deixa de pensar em si e só ele importa. Mas eu vim pela curiosidade. Fiz covardia em deixar a Nilce e a Clarinha. Se eu ficasse, o que ganharia? Nunca saí do Ceará.

Carlos espantou-se com a resposta do amigo.

A vida é risco.

Agora vamos à obra.

Carlos notou Chico com os braços encolhidos. Foi até a bolsa de roupas, pegou um moletom cinza e deu ao amigo, que agradeceu. Ele vestiu uma jaqueta jeans dada pela mãe.

Ao saírem, depararam-se com o céu cinza e fechado de nuvens. O ônibus esperava em frente ao alojamento.

12
Ameaça

Após tomar banho, Dario foi à casa da namorada no final da tarde de sexta-feira. A sogra molhava as plantas. Cumprimentaram--se, o genro perguntou o nome de uma planta florida.

É uma muda de Flamboyant laranja. Essas são Bougainvilles vermelha e roxa, mas existem outras cores. Quando crescerem, vou plantá-las juntas, as flores delas se misturando vão ficar lindas.

A senhora entende, né dona Maria?

É só uma distração, meu filho. Nessas plantas a gente aprende tanto. Ali é o pé de maracujá, ele cresce e vai se amarrando. Quando botar fruta, vai aguentar o peso sem dificuldade. É como andar e crescer com segurança. A gente precisa aprender a viver como as plantas. Tá vendo o pé de mamão ali?

Sim.

Sente o cheiro da florzinha branca e me diz.

Envergonhado, Dario foi ao tronco da árvore e cheirou a florzinha branca.

Parece um perfume suave de mamão.

A natureza é isso.

Samira apareceu, Dario falou do cheiro da flor. Ela contou que já sentira o cheiro de todas aquelas flores. A mãe confirmou dizendo que a filha às vezes molhava as plantas e comparava os perfumes de cada uma.

Eu não sabia. Disse o namorado.

Sou uma mulher cheia de segredos, entra. Falou a namorada.

Dentro da casa, encontrou seu Belmiro, que perguntou pelo Firmino.

Está perto de chegar. Se o senhor quiser alguma coisa, eu aviso a ele.

Nada não, queria saber se o cabra véi tá bem.

Ele está. O trabalho dele que é dureza.

Obra é pesado.

Dario pediu licença ao sogro e comentou com a namorada antes de entrar no quarto:

Carlos foi para São Paulo.

Como é?

A empresa convidou e ele aceitou. Deu esse bilhete ao meu pai para me entregar. Falou Dario, tirando o papel do bolso e dando à namorada.

> *Dario, eu não gosto de despedidas. A empresa convidou alguns peões para trabalhar em São Paulo e eu aceitei. O Chico vai também. Eu não tenho filho, nem namorada, nunca saí do Ceará. O que tenho a perder?*
> *Minha mãe não gostou da ideia e está muito calada. Vou ter que parar de estudar e isso é foda. Sei que é uma decisão complicada, talvez eu me arrependa, mas preciso viver a minha vida, saber como são as coisas, o mundo. Vai ser só por um ano e logo menos estou de volta. Você é o único homem de quem eu vou sentir saudade.*
> Ass.: Carlos.

Como ele diz: não tem filho, nem namorada, até eu iria. Afirmou Samira.

Eu também! Que dê tudo certo. E o que você tem para mim? Perguntou Dario.

Eu tenho uma mulher chamada Clarice Lispector. Fiquei com vontade de ler um livro dela, oh. Veio da Ucrânia na época da guerra. Muitas mulheres estupradas, inclusive a mãe dela, pelos soldados. Ela morou em Pernambuco, e quando publicou o primeiro livro, disseram que um homem escreveu. Achei isso triste, a sociedade é muito machista.

A professora falou que todos os homens são machistas e precisamos tomar cuidado com nossas atitudes.

Eu vou cobrar, viu, mocinho?

Pode cobrar! Eu vi uma informação rápida sobre um descendente de africano chamado Frantz Fanon que dizia que nós, colonizados, precisamos ser cuidadosos, porque podemos ter a alma colonizada. Falou que se alguém é preconceituoso, é fácil concordar com qualquer tipo de barbaridade, e que precisamos desfazer a colonização que existe em nós.

Estudou, hein?

Que nada, eu matei serviço mesmo.

Riram.

A conversa entre os namorados permeava um assunto do qual eram vítimas. Entretanto, enterneceram ao amor. Ele apertou-a contra si, empurraram seus corpos um contra o outro. Verificaram a porta do quarto, despiram-se e colocaram o colchão no chão porque a cama fazia muito barulho.

Sábado de sol e Dario prometeu ajudar a namorada nas compras. Não perceberam Caixadágua observando-os de longe enquanto passavam na favela e pensando "namoradinhos do caralho". Foram ao mercantil, em cuja rede de supermercados Dario não desconfiava que trabalharia um dia. Na lista feita pela mãe, Samira comprou arroz, feijão e ovos, e foram à feira da Messejana, onde compraram cebola, laranja, alface, alho, maxixe, mandioca, banana, caju e temperos.

Essa mandioca com carne dá um cozido. Falou Samira.

Eu vou querer também.

Eu te convido, aí você vê como a minha mãe se garante.

Samira gostava da diversidade de cheiros da feira. Mas desviou o olhar para uma menina de vestido branco encardido calçando chinelos maiores que os pés. A jovem procurava frutas caídas e avariadas. Samira deu dinheiro a ela, dizendo:

Você é linda, sabia?

Obrigada.

Samira pensou em perguntar se ela estudava e onde estava a mãe. O que adiantaria? Crianças como ela precisam "fazer dinheiro" para ajudar em casa. Dario ficou feliz com a atitude da namorada.

Durante a volta para casa, não perceberam novamente os olhares de ódio do Caixadágua.

***

Suellen estudara com Samira e presenciou a nóia de Caixadágua no final de semana. Achou melhor prevenir a amiga e evitar um desastre. Ouviu as alucinações dele em fazê-la sofrer. Domingo à noite, Suellen chamou Samira no portão e foi direto ao assunto:

Você precisa ser rápida, ele está cada vez mais drogado.

A amiga narrou o que ouviu dele noiado. Samira entrou em desespero.

Caixadágua subiu na hierarquia do tráfico e fazia maldades

com inocentes, inclusive de quem tinha ciúme, mágoa e desconfiança.

Contou aos pais, explicando aos prantos que há dois anos havia ficado com ele numa festa da escola e só.

Dario sabe que ele anda noiado desse jeito? Perguntou a mãe.

Acho que não, vou falar com ele. Disse, limpando as lágrimas.

Calma! Você não pode sair de casa uma hora dessa. Falou dona Maria com prudência.

Ela olhou o marido, que entendeu o momento de aflição. Disse à Samira que ficasse no quarto, porque eles precisavam conversar e achar uma solução. A saída era tirar a filha da favela com o namorado. Nem que para isso alugassem um quartinho. Havia dona Dalva, que tinha um cômodo no fundo da casa e morava só.

Esse espírito ruim tá vagando por aí. Amanhã ele vai desmaiar das drogas. Vagabundo não trabalha na segunda e aí a gente faz o que tem que fazer. Sugeriu Belmiro à mulher.

Eu vou falar com a dona Dalva, que mora perto, depois explicar tudo ao Firmino, e vocês ficam aqui. Feche a porta e as janelas. Deixe a luz da sala apagada, nunca se sabe.

Belmiro pediu que esperasse, pegou uma ferramenta de trabalho pontuda e entregou caso precisasse, ela escondeu no cós da calça. Ao sair, olhou da soleira alta se havia risco na rua.

Belmiro apagou a luz da sala e vigiou a porta pelo canto da janela. Queria poder andar e fazer desgraça com o marginal. Confiava na agilidade que Maria tinha para resolver problemas. Se alguma coisa acontecesse com a mulher e a filha, ele não saberia o que fazer da vida.

Dalva morava pouco mais de 1 km da favela. No caminho, a mãe pensava na filha, recordando os casos de ciúme que levaram à morte pessoas inocentes, como o compadre que proibira a filha de namorar um malandro e fora assassinado.

Dalva atendeu a amiga Maria, que explicou de outro modo a situação da filha e do namorado, que precisavam deixar a favela. A aposentada lamentou o ocorrido, dizendo que poderia contar com ela. Alugar o quarto dos fundos daria um dinheiro a mais, os remédios encareciam e o filho casado ajudava pouco.

Eles ficam aqui o tempo que for necessário. Só precisa dar uma lavadinha no quarto.

Amanhã cedo lavamos, não se preocupe, dona Dalva.

Seis horas da manhã estou de pé, minha filha.

Ainda acorda cedo como se fosse trabalhar, né, dona Dalva?

Tinha que estar cedo na secretaria daquela escola. Mais de trinta anos naquela luta. E você continua trabalhando como merendeira?

Agora eu sou cozinheira na casa dos patrões.

Bem melhor.

Maria gostou da recepção da amiga e ficou aliviada em saber que a filha e o namorado estavam longe do perigo. Na volta à favela, preservou-se dos becos em que o "bicho ruim" poderia estar. Explicou tudo ao Firmino, precisavam ser rápidos para prevenir uma desgraça. Os filhos mudariam da favela pela manhã. Dario entendeu a preocupação da sogra e ouviu o conselho do pai:

Filho, esse maníaco não é de confiança, estou aqui há muito tempo, e quando eles viram a cabeça, são capazes de tudo. As drogas estão comendo o cérebro dele, e quem ele achar que é desafeto, vai fazer maldade. Amanhã cedo faremos isso. Disse dona Maria.

Entendo sua preocupação e agradeço. Falou Firmino.

Ela agradeceu, dizendo que precisava ir.

Samira chorava temendo o pior, a mãe que acabara de chegar acalmava-a explicando que resolvera tudo.

***

Dario despediu-se da irmã.

Se cuida, te amo. Estuda, viu. Estuda. Falou Dario com os olhos molhados e vermelhos.

Tá bom, chato. Disse Kátia, chorando e abraçando-o.

Firmino tinha saudade da favela pela qual um dia tivera respeito. Viu-se estrangulando o traficante e afastou a vingança do pensamento. Ligou ao trabalho dizendo que chegaria atrasado. Ele disse ao filho que levasse os documentos. Passaram na casa de Samira, e ao se olharem, os namorados choraram. Os conhecidos pelo caminho não entenderam a mudança repentina naquela hora da manhã, limitaram-se a trocar "Bom dia".

A gente aperta aqui e ali e pagamos. Nossos filhos estarão seguros. Falou Firmino ao velho amigo Belmiro.

Pra eles vai ser bom planejar a vida juntos. Disse Belmiro.

Firmino e dona Maria acompanharam os filhos carregando bolsas e um colchonete que Belmiro usava para deitar e esticar as pernas doloridas. Dario colocou as bolsas em cima do varão da bicicleta, aliviando o peso.

No caminho, dona Maria passou no mercadinho e comprou pão de forma, bolachas, achocolatado, vassoura, balde, rodo, pano de limpeza, pregador, desinfetante e sabão em pó. A vida de solteira veio à memória, à medida que colocava os produtos no carrinho.

Os namorados desconheciam a necessidade daqueles produtos todos. Firmino passou no caixa 24 horas do mercadinho e sacou um pouco do dinheiro guardado.

Dalva varria o quintal quando chegaram. Dona Maria fez as apresentações, a senhora pediu que entrassem e seguissem o corredor até o fundo do quintal, onde estava o cômodo.

Dario encostou a bicicleta, colocou as bolsas no chão e entrou com a namorada no cômodo com um banheiro à direita, sentiam-se vazios como aquele quarto. Dona Maria e Firmino acertaram dois meses adiantados de aluguel e agradeceram a confiança. Dalva entregou as chaves à amiga.

Os pais se despediram dos filhos dizendo cada um à sua maneira que o pior havia passado e que tivessem juízo. A mãe de Samira acreditava no amor deles.

Agora é ter cabeça. Os dois precisam cuidar um do outro. Vocês vão começar com dificuldade. Olha aí, praticamente só com as roupas do corpo, né? Dois póbi — disse brincando —, mas é só o primeiro degrau da vida que estão começando, daqui uns meses compram as coisinhas de vocês. No que a gente puder, vamos ajudar.

Dario agradecia a sogra, que se despediu entregando as chaves. Firmino abraçou o filho e a nora e deu "Tchau" após entregar a Dario dinheiro suficiente para comprar comida durante quinze dias.

A mãe pediu baixinho à filha que tomasse remédio todo mês para evitar gravidez. Samira concordou e se despediu.

Firmino e Maria agradeceram novamente à dona Dalva que acompanhava tudo com a vassoura na mão. Os namorados ficaram sozinhos, Samira foi ao banheiro e, diante do espelho, chorou. Queria dar vazão às lágrimas ilhadas dentro dela. Mãe, pai, namorado, sogro, todos apoiando.

Amarrou os cabelos cheios e cacheados e lavou o rosto. Assoou o pequeno nariz e limpou os lábios salgados de lágrimas. Ao sair do banheiro, disse que não dormira a noite inteira, precisava faltar à escola, lavar o quarto, o banheiro, descansar e depois ir ao estágio à tarde.

Dario falou que não dormiu direito também, mas precisava ir à oficina. Deixou o dinheiro que o pai deu avisando que era para o que precisassem. Pediu que tirasse cópias das chaves.

Ajudou a namorada a esfregar o quarto, o banheiro e jogar água para tirar o sabão. Puxaram a água, secaram e abraçaram-se antes de ele sair.

O perigo fazia parte do passado, a vida tramava obrigação e responsabilidade. A lavanda perfumou o quarto e o banheiro. Samira colocou as sacolas e bolsas para dentro e dormiu no colchonete.

Dario não quis conversa no trabalho. Zezinho notou o amigo diferente e perguntou o que havia acontecido, mas o jovem respondeu que não era nada.

Menino, a vida é cheia dessas coisas, muitos obstáculos no gol. Tem que ser jogador e sair driblando, mesmo sendo perna de pau.

Dario agradeceu o conselho.

O primo Franco poderia resolver o problema com o Caixadágua, pensou Dario. Minha mãe não esperava isso de mim. Ela preocupou-se que eu não fosse manchado pela violência até o último momento da vida.

Daqui pra frente, estamos saindo da fase de namorados e entrando na vida de casal. Falou Samira ao final do dia.

Dario entendeu o recado.

Vou fazer de tudo para dar certo.

Acho que a gente precisa de uma cama de casal, né?

Sim.

Riram.

As coisas se arrumando, a gente compra.

Na primeira noite deles, não houve clima para corpos nus. Dario apagou a luz e se apertaram no colchonete.

Como a vida é difícil, né, Dario? Disse a namorada, rompendo o silêncio do quarto escuro.

A gente vai passar por isso, vamos dar risada depois, você vai ver.

Quando acabar isso tudo, não precisamos continuar aqui.

Isso eu não sei, o que sei é que vamos ser felizes.

Desse jeito eu caso.

Eles riram, e Samira continuou:

A gente tem vontade que dê certo, nós acreditamos. Isso é o que importa.

Um casal, eu e você?

Na alegria e na tristeza.

Riram novamente e devolveram a voz ao silêncio. Ela deitou sobre o peito dele, que, com a mão, fazia afagos nas costas dela. Samira sentia vontade de mudar de estágio, sentia nojo do gerente tarado. Dario pensava no conselho do Zezinho e em procurar um novo emprego.

Nossos pais acreditam na gente. Um presente que podemos dar a eles é entrarmos na faculdade, Dario.

Tenho pensado nisso.

Veja o que você tem afinidade. Eu acho que é Humanas.

Acho isso também.

Eles deram "Boa noite" um ao outro e tentaram dormir.

Na manhã seguinte, antes de saírem, Samira e Dario se abraçaram e se beijaram. Dona Dalva estava acordada, mas não a viram. Dario gostou do novo caminho ao trabalho, não tinha mais a inquietação dos olhares ameaçadores de Caixadágua.

Bom dia, seu Genaro. Bom dia, Zezim.

Bom dia, garoto. Respondeu Zezinho.

Bom dia, menino. Depois do café, aproveita o movimento fraco e dá uma geral no possante. Pediu o patrão.

Tudo bem!

Dario gostava do Volks 1600 estiloso. Ligaria o som e pensaria na vida. Quando poderia ter um carro? Besteira! Preciso estudar. Vou ficar a vida inteira nesse trabalho? Aqui não é futuro, pensou. O pai levava uma vida dura. Kátia repetia na escola. Não podia exigir dela se ele nada fazia de concreto. O cheiro de óleo, graxa, querosene e aguarrás incomodavam. As dores de cabeça e náuseas teriam fim? As mãos marcadas de graxa voltariam ao normal? Preciso de um emprego melhor.

***

Seu Firmino passou na casa do filho no final de tarde da quinta-feira e deixou um celular de segunda mão.

Obrigado, pai. Obrigado mesmo.

Dario via-o cansado. Uns dias distante de casa facilitaram perceber que o pai envelhecia.

Nada não, filho. E como estão as coisas?

Queria falar que estava cansado, mas o pai estava muito mais, o trabalho em obra era de matar e nem por isso reclamava.

Estou me adaptando, está tudo bem. E a Kátia?

Sua irmã está bem. Não tem nada fácil nessa vida, filho. Quando tiver, duvide.

Preocupado se o pai trabalharia em outro estado, perguntou:

O senhor também vai trabalhar em São Paulo?

Tenho uma obrigação com você e a Kátia. Dinheiro é necessário, Dario, mas pode virar doença. E a escola, como está?

Estou frequentando, pai. Ano que vem termino.

Mês que vem a gente junta dinheiro e compra uma geladeira seminova.

Samira terminava o banho e escutou a conversa do sogro com o namorado. Tentava apagar o assédio vivido naquela tarde. O caminho da parada de ônibus à casa em que moravam era novidade e ela desconhecia as ruas. Um homem de carro passara devagar ao lado dela com o vidro abaixado dizendo indecências e com a mão no pênis exposto. Ela olhara rápido a rua sem ninguém para socorrê-la, correu em sentido contrário, dificultando qualquer ação do maníaco. A estratégia dera certo e o carro sumiu.

Chorou de ódio, limpou as lágrimas e, no caminho para casa, foi pelas ruas movimentadas, antes entrou em uma loja de materiais escolares e comprou um estilete, que deixou fácil na bolsa.

Ela cumprimentou o sogro, revelando:

Obrigado pelo esforço, seu Firmino. Eu não falei ao Dario,

mas nesse fim de semana a gente vai dar uma olhada em fogão e botijão usados.

O namorado ficou surpreso e disse que pediria um adiantamento de salário ao patrão.

Firmino falou que ajudaria se precisassem e despediu-se do filho e da nora que agradeceu o apoio.

A namorada falou para Dario sobre a necessidade de buscá-la na parada de ônibus e comentou parte do assédio. Ele ficou furioso e comprometeu-se a pegá-la. Jantaram uma canja fria com pão carioca, sentados no chão do quarto. Deram risada do cômodo vazio.

Deitaram e aos poucos se renderam às vontades dos corpos. Ele adorava beijar os lábios pequenos e carnudos dela. Samira flutuava ao subir em Dario. Intercalavam agrados e posições no jogo amoroso. Ela, em espasmos, sussurrava um prazer que deixou de ser contido, e sem a preocupação com os pais no outro cômodo. Dario, em estado de gozo, esticou-se todo. Beijaram-se.

Os dois foram tomar banho. Dario lavou as costas dela. Mesmo com a sua imperfeição de homem, tentava agradá-la. A partir daquele dia, conheceram suas intimidades. Passou sabonete nas costas dela e viu a verruga que em outras ocasiões achava ser espinha. Descobriu as covinhas de Vênus dela. Instante comum entre os que se amam.

Ele abraçou-a, pretendendo envelhecer ao seu lado. Descansaram as cabeças um no ombro do outro enquanto a água do chuveiro caía. Sentiam-se um só corpo.

13
Fosso medonho

A obra da Consolação aproveitou a parte boa do prédio antigo e a parte condenada foi demolida. Os escombros foram retirados, restando um oco de terra fundo escavado pelos tratores. Abismo de homens nas mãos das máquinas. Os moradores dos prédios ao redor estavam insatisfeitos com o redemoinho de poeira e de barulho.

Os trabalhadores foram avisados antecipadamente que fiscais visitariam a obra. O dia prometia descanso, o trabalho seria deixar as coisas organizadas, alinhadas, perfeitas. Inventavam problemas inexistentes.

Na maior metrópole da América Latina, portas fechadas se abrem com facilidade. Do vereador ao governador, do ladrão pé-de-chinelo ao traficante influente, ou do escrivão ao juiz, a diferença é o volume das notas e a conta no paraíso fiscal.

Aqui eles batem em cima, lá no Ceará nem é tanto assim. Falou Carlos ao Saulo do almoxarifado.

Propina sobre propina, rapaz. Aqui é muito dinheiro. O metro de chão vale ouro. Cada ponte, retorno, calçada é grana. Esse pessoal faz obrinha num canto, depois voltam mês que vem para tirar e colocar tudo no mesmo lugar, por quê? É máfia mesmo, tem que justificar os gastos. Pra mim, estado, prefeitura, polícia, político e bandidagem é tudo máfia. Idiota é a gente, que levanta bandeira e defende esses ratos.

Faz tempo que tá aqui em São Paulo, seu Saulo?

Vim de Minas na sua idade. Era pra ter voltado, fui adiando,

adiando, tô nesse trem agora. Minas não fica atrás, botaram um monte de serra abaixo na sede por dinheiro. Vai lá e veja o que é São Tomé das Letras, destruíram tudo ao redor para fazer a cidade. Poucas famílias mandam em tudo lá, é assim em todos os estados.

Carlos perguntou se a cidade dele era boa de se viver, o senhor respondeu que todos os lugares um dia foram bons, o problema mesmo é o homem.

Tudo matando serviço, hein. Falou o peão Geraldo, que chegava.

Não, Geraldinho! Respondeu Saulo, voltando ao interior do almoxarifado.

Carlos aguardava os pregos e o rolo de arame.

Menino, sabia que sou poeteiro? Ói, aprume a atenção na poesia: naquele morro passa boi, passa boiada, nossa, que movimento.

Carlos riu, dizendo:

Agora quem tá matando serviço é você, Geraldo.

E é bom, né não? O patrão sonega, paga fiscal, juiz, prefeito e mata serviço mais que nós. Me vê aí trinta braçadeiras 50mm, uma fita isolante e bota na conta do homem.

Carlos recebeu o material e despediu-se deles.

Chico constatou que no início e final de mês as pessoas ficavam estressadas. Presenciou discussões e brigas. Por que aquilo acontecia? Salário? Contas? Vida em roda de eixo duro rangendo. Pensou no Tonhão com sorriso no rosto. O mundo desabando e ele lá, firme e forte. O primeiro a ajudar o colega quando caiu no barranco da obra.

Nada não, sô, vou ficar bem. Tá tudo bem. Vivo ajeita, conserta, remenda, o contrário é a cova. Trem da vida tá nos trilhos, só um arranhão, sô.

Mundo doido, doído de doer miudinho. Por que estão todos aqui? Chico refletiu, e respondeu a si com a imagem da filha, mas não havia pensado nela quando viajara. Sou coisa de liberdade duvidosa. Saio daqui, durmo, volto. Tempo de nada, nada de tempo. Tempo de tudo ou nada. Tem alguma coisa errada. Sou como as coisas do almoxarifado do patrão. Deu problema? Não presta? Rebola no mato, traz outro. Betoneira de suor, gente, Brasil, mundo. Vida de homem concreto. Prisão livre. Tonto! Livre prisão, tonto! Se livra, tonto! Tonto-cimento. Betoneira rangendo, girando tudo, todos. Cimento, areia, pedra, até dar caldo grosso de massa a petrificar. Feito nós de pedras, arames, ferro sem fim. Somos isso. Sou isso? Sim, não. No sol, no molde, na fôrma de madeira entre ferros e torniquetes, a gente endurece, vira bloco, vira pedra. Vida na massa. Vida amassada. Amassada vida. Massa de vida. O governo ajuda. Mínimo salário. Mundo é camadas feito lajes de prédios umas sobre as outras, quanto mais luxuoso e alto, mais caro, mais poder. Idiotas em gradação, somos. Tem muitos que não querem sair disso, seja pobre ou rico. Otário rico é diferente, pode bancar a ignorância. Eu não tenho esse privilégio.

***

Seu Marcílio, está bem abatido. Falou Elenilce, desligando o liquidificador.

Nilce sabia que ele não ouvia, mas dizia para se sentir viva naquela casa. O senhor perdera todos os dentes e detestava sentir gomos de fruta na vitamina. O receio dele engasgar fizera com que queimasse alguns liquidificadores. A audição precária impedia-o de sentir o incômodo eletrodoméstico.

O relógio na parede deixou de fazer sentido há meses. Ela ficava atenta ao relógio do celular, os patrões tinham hora para tomar os remédios.

Dona Bárbara, mulher do seu Marcílio, esgotou as possibilidades de lembranças. Começou com esquecimentos, simulou memórias, enganou os familiares e, com o tempo, teve um medo que ninguém sabia explicar. Achava que algum falecido vinha buscá-la. O filho Sávio encarava os problemas dos pais e aliviava a dor no álcool e na cocaína nos finais de semana. A irmã Lídia fora avisada do Alzheimer avançando.

Entenda, é HD vazio. Não tem memória de nada. Dizia Sávio à irmã.

Lídia dominava a ciência médica e não podia resolver o problema da mãe. Elenilce estava presente nos dias de esquecimentos mais graves, depois o branco de tudo o que a filha tinha sido à mãe.

Nilce viu Lídia se acabar em lágrimas, chorou junto e abraçou-a. Sávio administrava a situação sóbrio, esperando o momento de acalmar a angústia no bar.

A idosa agarrava-se à boneca de pano como um amuleto, uma deusa protetora que satisfazia sonhos e vontades imaginárias que a doença não corroera.

Lídia, tem que se conformar, é a vida.

Não consigo, Sávio.

Ela tinha na memória a mãe como alicerce. A matriarca inspiradora. A médica preocupou-se com a herança genética.

Nilce procurou outros empregos de cuidadora e desistiu. Em uma entrevista, a filha mostrou a idosa abandonada na cama com as pernas vermelhas de escaras. Achou melhor continuar no trabalho que estava.

Em casa, Nilce recebeu a visita das tias no fim de semana. Fez um café e colocou as cadeiras brancas na calçada de casa, como muitas famílias no final da tarde. A filha Clarinha dormia. A rua estava tomada por crianças jogando bola, brincando de comidinhas e andando de bicicleta.

Não é fácil. Falou Nilce, desabafando com as tias Marinalva e Lindalva sobre o trabalho.

Pobre senhora. Disse Lindalva.

A moça é médica e incapaz de fazer alguma coisa, Nilce? Perguntou Marinalva.

Tem cura não, tia. Os médicos que acompanham a dona Bárbara dizem que vai aumentar o branco que dá na cabeça. Eu inventei de dar uma boneca, ela gostou tanto que não desgruda.

É muita tristeza, mulher. Lamentou Lindalva.

E se os filhos tiverem isso no sangue? Interrogou Marinalva.

Vão ter também. A única ajuizada na casa é a Dona Laura, mulher do seu Sávio. Mas tem lá seus chiliques quando esquece de tomar remédio. Povo complicado, esses remédios parecem que fazem é piorar. Daqui a pouco sou eu. Disse Elenilce, relembrando o armário de remédios da casa dos patrões ao modo Damien Hirst.

Juízo, mulher. Quiser conversar, tamo aqui. Essa barra vai passar e esses homens ingratos voltam para o ano. Consolou a tia Lindalva.

O meu pode voltar, tia, mas não será mais a mesma coisa. Muita ingratidão. Você faz, ele tá aí no mundo e a menina aqui.

Quem está perdendo é ele, Nilce. Reforçou Marinalva.

Isso é. Comentou Lindalva.

***

Chico pensou em fazer uma carta à Nilce dizendo estar arrependido da viagem. Dizer que a amava, reconhecendo os erros cometidos, mas achou melhor ligar.

O celular tocou e Elenilce percebeu o DDD de fora do Ceará.

Alô?

Nilce?

Oi, Francisco, pode dizer.

Ela o reconheceu pela voz gasta e forte.

Como estão as coisas, Nilce?

Bem.

Tratava o marido de forma diferente desde o momento em que chegara com a conversa da viagem.

E a Clarinha?

Está bem e com saudades.

Isso aqui vai passar e eu logo estou aí.

Ela achou melhor ficar em silêncio com essa fala do marido. Um ano não passa rápido. Queria chorar e, antes da emoção tomar conta, disse para si que não adiantaria. Chico achou que a ligação havia caído.

Alô? Nilce? Nilce?

Oi, Francisco.

Responde, mulher.

Responder o quê? O quê? Eu não tenho nada pra dizer, Francisco. Eu vou ter quando você estiver aqui no dia a dia ajudando a criar nossa filha. O que você pode fazer estando aí? Me diga?

Eu sei que errei, tá feito! Agora é acabar isso e voltar. Eu vou depositar dinheiro todo dia 10.

Elenilce ia dizer que era obrigação dele, mas evitou mais conflito. Respondeu apenas:

Tudo bem!

Ele entendeu que a mulher não estava a fim de conversa. Nilce pensava se o relacionamento deles teria futuro, preparava-se para uma decepção.

Então já vou, Nilce, boa semana.

Está bem, Francisco.

Poderia ter falado com a filha, queria ter ouvido a voz dela. "Minha filha. Gostaria que ela soubesse que eu estou com saudade", pensou.

***

Em Fortaleza, o prédio estava nos retoques finais. As vagas dos que partiram a São Paulo foram preenchidas por outros pedreiros e serventes. Aos colegas de serviço, eles eram insubstituíveis.

Firmino, como será que tá o povo lá pra São Paulo? Perguntou Zé-Pedro.

Acho que o Chico vai se arrepender. O menino Carlos não, é novo. Pra ele é bom, coisa nova.

Homi, esse povo de uma hora pra outra deu um salto medonho, obra aqui, obra acolá. Um tempo atrás o homem andava de carro peba.

Nesse país, gente como nós, roubou uma manteiga é cadeia. Falou Firmino, convicto.

É a sina do mundo.

Foi sempre assim. Pra gente, peia e chibata.

Vez ou outra pegam um deles, só porque virou inimigo.

Se tiver outro mundo, vai ser igual, o gênio humano é ruim.

Quando a gente pesca em alto-mar é uma paz, Firmino. Fica lá, vê tudo de longe, distante. Quando você vai voltando, dá uma tristeza de tanto problema nessa terra. Se a pesca não tivesse tanta exploração, eu viveria dela. Vivia no mar. Vida em obra é trabalho em demasia e salário de pouca serventia.

Se for contar tantos trabalhos em prédios e casas, a gente tinha uma cidade só nossa.

14
Olho de Oto

A maquiagem forte esconde os hematomas na alma.
Emicida

Dario? Dario?

Quem é? Alô, Carlos?

Oi, Dario. Sou eu mesmo. Liguei na favela e o seu Firmino deu esse número dizendo que você explicaria o que aconteceu. Por que você saiu da favela?

Estava muito arriscado. O Caixadágua estava cismando comigo e a Samira.

Caramba.

Estamos se virando, ela com o estágio, eu na oficina. Nossos pais tão ajudando.

Você precisa conseguir um emprego registrado, Dario.

Estou acomodado naquela oficina. Enquanto dizia isso, pensava nas matérias de jornais que deixaria de ler.

Entrega uns currículos que dá certo. Ouvi dizer que o Nordeste está crescendo.

Vou fazer isso. Disse Dario, sem perspectiva de onde nem quando.

Carlos falou da saudade da mãe, contudo o que sentia era solidão.

Como são as coisas por aí? Indagou Dario, mudando de assunto.

Aqui é um frio danado, calor abafado. Cidade poluída demais.

É prédio em cima de prédio e gente em cima de gente. Tem que ficar de olho, senão você é atropelado. Tem medidor na rua dizendo que o ar está bom ou regular. Pense numa mentira. O nariz arde, macho. No prédio que estou, tem gente do Brasil inteiro. Eles contratam muitas pessoas do Nordeste e pagam mais barato. Toda hora converso com pernambucano, baiano, mineiro e paraibano.

E você passeou? Só trabalhar não dá, hein.

Pois é! E o segundo ano, vai terminar?

Preciso melhorar as notas de Matemática.

Tive que parar. Precisava desse dinheiro e conhecer aqui. Não podemos deixar de estudar, Dario.

É para frente que se anda.

Bem isso. Aqui tem muitos que desistiram dos estudos para "fazer São Paulo", só que estão aqui há vinte, trinta, quarenta anos e abandonaram os estudos.

A gente tem que tomar cuidado com isso. Podemos ganhar alguma coisa a mais no início, só que daqui uns anos vai valer o quê?

Eu não vou me deixar levar nessa não. Eu vou indo, preciso ligar para minha mãe com esse cartão. Fica em paz. Quando puder, ligo novamente.

Massa você ter ligado. Considero você um irmão, macho. Tudo de bom e cuidado aí.

Abraço.

***

Antes de viajar, Carlos passou na casa da tia Lindalva e pediu que ajudasse a mãe dele no período que estivesse longe. Lindalva prometeu ficar mais perto da prima, mas aconselhou:

Tome cuidado por lá, o povo vai e esquece da vida. Parece que é engolido. O mundo é mais perverso do que você imagina.

Pode deixar, tia. Quero que a mãe fique bem.

Para isso acontecer, você precisa ligar e deixar ela ciente de que está bem. Depois que uma mulher coloca filho no mundo, ela só fica em paz se ele estiver bem. Homens não sabem disso, tá aí você e o Chico ganhando o mundo e nem aí para nada.

Vou deixá-la informada. Obrigado.

Quando Carlos voltou para casa, encontrou a mãe assistindo à novela. Ela reclamava, mas assistia às histórias de pouca vida prática. Sentada no sofá, cumprimentou o filho e abaixou o volume da TV. Ele não mencionou a visita à tia e justificou o atraso com hora extra. Marinalva parou de assistir e falou:

A gente cria um filho e ele sair pelo mundo, Carlos.

Ele se sentou ao lado da mãe, que fizera limpeza na casa da patroa e estava com cheiro forte de água sanitária.

Eu sei, mãe, não está sendo fácil para mim também. E quando é que vou ter outra oportunidade de trabalhar e conhecer um lugar diferente?

Você tem que ser menos submisso ao trabalho, ou então morre capacho. Trabalhar é preciso, mas sem ser submisso. Seu objetivo deveria ser os estudos. Os empregos passam, os estudos ficam, e deles você consegue coisa melhor.

A senhora tem razão.

Carlos ficou contrariado com as palavras da mãe.

O que me conforta é que você é um rapaz bom, sem maldade. A viagem pode ser boa para você saber que o mundo não é brincadeira. O cabeça dura do Chico vai estar com você, isso me deixa menos preocupada.

Carlos prometeu que, se algo desse errado, voltaria. Deu um beijo na mãe e foi tomar água na cozinha.

Dona Marinalva desligou-se da novela. A realidade venceu as histórias vazias.

Ele viu o fiel amigo na porta da cozinha que dava passagem ao quintal. O cachorro com o rabo em festa esperava atenção. Bebeu a água, deixou o copo sobre a mesa e abriu a grade para brincar com o cão. Ao sentar num banquinho do quintal, perguntou:

Vai sentir saudades de mim, Oto?

Como se falasse, Oto olhou para ele, Carlos também, assim ficaram. Imaginou que o animal entendera o que ele dissera. Sentiu o momento pelo qual o dono estava passando. Em seguida, levantou as duas patas da frente e pisou rapidamente, depois ergueu a pata direita para que Carlos pegasse. Percebeu que o cão estava diferente. Inexplicável quebra-cabeça da vida com peças sem encaixe. Olhou o céu e brincou com o cão. Oto deitou-se com a cabeça apoiada nas patas ao lado do dono, que acariciou a pelugem marrom.

Amadeu era um dos colegas da obra com quem Carlos se identificava. Ele convidou Carlos para visitar uma casa de massagem. Amadeu pegou o endereço com outro peão e estranhou a localização em uma região residencial. Carlos era encorajado pelos colegas, que diziam, caso não fosse: "Vai subir pra cabeça, macho. É bom você ir!", "Ficar abilobado, aí já viu.", "Vai ficar zureta da cabeça".

Eles aproveitaram a saída uma hora mais cedo na sexta-feira, tomaram banho no chuveiro coletivo da obra e foram. Chico disse que faria hora extra naquele dia. Ele não se sentia à vontade visitando um lugar daquele com o primo da mulher dele.

Carlos vestia calça jeans, camisa gola polo branca e tênis Olympikus azul escuro. Amadeu e Carlos ouviram do colega de trabalho Manuel que "O lugar é bom, moças lindas e o portão todo rosa". Ao saírem do metrô Praça da Árvore, Amadeu disse ao Carlos que, havendo problema, o plano B estava no orelhão cheio de adesivos com telefones de moças atendendo na região. Após a separação, Amadeu passou a ser freguês assíduo desses lugares.

Conterrâneo, é aqui mesmo. Falou Amadeu ao reconhecer o portão rosa.

É o número e o portão que o Manuel falou? Perguntou Carlos.

Só pode ser, toca o negoço aí.

A campainha soou delicada, um homem bombado com caroços no muque dos braços abriu o portão, antes a mente dele maquinou estereótipos, possíveis riscos, e concluiu que se tratava de clientes como ele anos atrás quando chegou na cidade. De cara amarrada, conduziu Carlos e Amadeu ao balcão com uísques, conhaques, cachaças, tequilas e vodcas. Um freezer de porta transparente estava carregado de cerveja, água e refrigerante.

Outro segurança atrás do balcão informou que, após o pagamento de meia hora ou uma hora, poderiam escolher as meninas. Ambos pagaram meia hora e receberam fichas brancas carimbadas e plastificadas. O segurança disse que aguardassem sentados nos sofás.

As moças foram avisadas que havia clientes. Sete desfilaram, apresentando-se: Samanta, Britney, Shakira, Sharon, Sabrina, Hannah e Juliana. Todas com roupas curtas. Na casa havia dez moças, três estavam ocupadas. Amadeu percebeu que Sabrina era nordestina e escolheu-a. Carlos ficou indeciso na quantidade de nomes e por afinidade disse o nome da tímida Samanta.

Sabrina e Samanta foram chamadas, pegaram nas mãos dos clientes e subiram aos quartos com frágeis divisórias de tapume. Em biombos afastados, diálogos aconteciam e um cliente acabava de gozar.

Samanta pediu que Carlos tirasse a roupa, ele obedeceu envergonhado. Ela passou K-Y na parte íntima e deitou. Deu a camisinha para ele e, ao perceber que estava apressado, avisou:

Calma, vai devagar, amor. Disse Samanta para confortá-lo.

O teatro sexual da moça acelerou o prazer dele. O serviço de meia hora resumiu-se a cinco minutos. Se Carlos quisesse mais uma vez, teria que pagar um valor por fora.

Ele disse que estava com pouco dinheiro, Samanta falou que quebraria as regras para ele virar cliente. Limpou-se enquanto ela pegava outra camisinha em uma bolsa cheia delas. Samanta começou a chupar e a manusear o órgão sexual dele de uma forma que Carlos nunca havia imaginado. Ficou surpreso ao ver o pênis ereto novamente. Os homens desconhecem as possibilidades do próprio falo.

Viu como dá certo?

Carlos sorriu envergonhado. Olhou para o lado e viu um livro. Enquanto ela pulava, ele acompanhou o ritmo. Samanta se contorcia balançando os quadris. Carlos acreditou que ela chegava ao ápice do prazer quando disse:

Goza bem gostoso comigo, vai, vai, vai.

Em seguida, ela jogou-se na cama com lençol gasto e base de concreto. Ele suou mais que na primeira vez. Limpou-se, vestiu a roupa e perguntou:

Esse livro é sobre o quê?

É *O Mundo de Sofia*, conhece?

Não. Falou Carlos, com vergonha.

Conta a história de uma moça que aos poucos vai aprendendo filosofia.

Enquanto dizia isso, Samanta ficou absorta e fantasiou a personagem Alberto como o príncipe encantado com quem se casaria. Carlos interrompeu os pensamentos dela dizendo:

Eu li esses dias *O pequeno príncipe*.

Foi? Eu ouvi falar dele.

Fala que a gente não aproveita a vida como deveria. Uma frase diz que é preciso duas ou três larvas se quiser conhecer as borboletas.

Interessante. Eu me viro com esse trabalho e pago a faculdade. E você?

Trabalho em obra e pretendo voltar a estudar.

Eu não quis aguentar patrão! Você vai trabalhar por aí e é assediada, forçada a fazer coisas. Se não der bola, perde o emprego, então, melhor fazer por dinheiro. E você é de onde?

Carlos achava que se tratava de uma situação isolada de Samanta, mas ela vivera mais de uma violência sexual que seria motivo de risada na delegacia se tivesse prestado queixa. Saindo do quarto, ele disse que era de Fortaleza. Ela falou que um dia conheceria as praias tão faladas daquela cidade. Despediu-se dizendo que aparecesse mais vezes.

Amadeu esperava Carlos na saída, confirmou que a Sabrina era nordestina, do Rio Grande do Norte. Como Carlos, ele criou afeição pela moça que morava na cidade há cinco anos e voltaria assim que fizesse um "pé-de-meia" suficiente para montar uma loja de roupa. Amadeu insinuou vê-la fora daquele lugar, mas Sabrina disse ter compromisso com um segurança, e perguntou curioso:

Ele aceita o seu trabalho?

Aceita e entende que aqui é trabalho e com ele faço amor.

Amadeu não soube o que dizer e balançou negativamente a cabeça. Uma coisa dessa ele não aceitava.

Ao voltar da casa de massagem, Carlos passou na padaria e comprou uma língua de sogra e dois pães de queijo para viagem, queria sentar ali no balcão como os demais e jogar conversa fora. Pagou e seguiu para o alojamento. No caminho, passou pela velha banca de jornal escurecida pelo tempo. Servia de moradia ao Jemerson que descansava sentado na soleira da porta.

Carlos queria entendê-lo. Baixo, sujo, olhos pequenos, cabeça grande, feição de adulto. Corpo e brincadeiras de criança. Uns ajudavam, outros esnobavam. A casa foi adaptada de uma lataria que muitos frequentaram um dia comprando jornais, revistas, gibis, figurinhas e cigarros. Uns deixavam pão de manhã, outros, almoço no início da tarde, poucas vezes estava em sã consciência. Quando não havia fumado crack, sentava no batente da velha banca de jornal e olhava as pessoas na rotina diária. Carlos arriscou passar por conhecido.

Vai um pão doce aí, mano?

Chegou bem na hora, ô! Leu minha cuca.

Como é mesmo o seu nome?

É Jemerson.

O menino desconhecia Carlos e deixou que se aproximasse ao perceber bondade na fala. A vida na rua ensinara a diferenciar as pessoas boas e más nos pequenos detalhes, inclusive aquelas que faziam caridade com nojo, medo e obrigação religiosa, desejando saldo positivo no juízo final.

Carlos rasgou o saco de pão sem pensar, pegou metade da língua de sogra, um pão de queijo e deu ao menino-homem. Queria saber a idade dele e tirar uma dúvida sobre a compleição, roupa de criança e fisionomia de adulto.

Tem quantos anos mesmo, Jemerson?

Dezenove. Sou novinho, ô! Queria minha mãe. Falou de repente, colocando o pão na boca.

Onde ela tá? Perguntou espantado.

Quando saí, tava na favela do Morumbi, agora num sei mais. Muita dô... aí fico doidão. Disse de boca cheia.

Carlos esperou ele terminar de mastigar.

Por que saiu de casa, Jemerson?

Meu pai batia nela. Ia matá ele, pra não fazê o mal, caí no mundo. Amo ela, num conseguia ver ela daquele jeito. Ela nem comia direito, mas deixava pra mim. Roubava comida da patroa na Vila Mariana, só comida boa, e eu, ó — disse, passando a mão na barriga —, mandava vê. Tá bom, vô dormi. Falou repentinamente.

A voz de Jemerson sumia quando a mãe dominava a lembrança. Queria dormir, se drogar, viajar, esquecer a dor, matar a dor, fumar a dor, fumar os deuses, colocar fogo nos homens que agridem os filhos e as mulheres. Se pudesse, queimaria a Terra no cachimbo e acabaria com as dores do mundo.

Como despedida, Carlos falou sem pensar:

Fica com Deus, Jemerson.

O menino respondeu com um gesto de joia com as pontas

dos dedos amareladas, sujas e queimadas. Afastou-se para o fundo da velha banca de jornais e pegou o cachimbo de voar aos braços da mãe.

Carlos levantou-se do batente da caixa de lata e saiu indeciso, sem saber se chorava, se gritava ou se xingava a sociedade pelo abandono do menino-homem. Chorou de ódio. Pensou em ajudá-lo indo atrás da mãe, mas desconhecia a cidade. Ficou feliz e triste por ter uma mãe. Pensou vagamente no pai, que sumira para não assumir o bebê revelado pela mulher.

15
Currículo

O currículo tem que ser curto
mesmo que a vida seja longa.
Wislawa Szymborska

Dario pensava em locais para entregar currículos. Poderia ser outra oficina, desde que assinasse a carteira. Assim, teria FGTS, PIS, Seguro Desemprego, cesta básica ou vale-alimentação.

Samira fez o currículo do namorado. Muitas pessoas entregavam na papelaria, entretanto, o gerente selecionava pelas fotos. Ela pegou um deles e adaptou com os dados de Dario no computador da *lan house* perto da região em que moravam. Ao terminar, ela disse a ele que olharia o Facebook. Adolescentes ocupavam os demais computadores, uns jogavam, outros conversavam em salas de bate-papo e olhavam as redes sociais.

Samira viu conhecidos aparentando uma condição social que não tinham. Fotos de casais que não se amavam, frases de efeito, poses sem sentido. Dario comentou ao ver o vizinho com carro seminovo, a casa para terminar e os filhos de pés no chão.

Samira, na rede social a gente entende como a sociedade é e para onde está caminhando.

É de se espantar.

Ao deixarem o local, ela falou que o currículo precisava de foto 3x4 com camiseta bonita.

Todos os currículos com foto?

Tira a foto, que no trabalho eu faço as cópias coloridas.

Muita exigência.

Eles agem assim. Julgam pela aparência, local onde mora, experiência. Ficam de olho em você no dia da entrevista, observam se fala na gíria, se é respeitador, se veste a camisa da empresa, se é de confiança. Uma vez, a menina da livraria perdeu emprego porque disse na entrevista que se visse um amigo roubando, conversaria com ele para não fazer mais aquilo. O pessoal do RH quer ouvir você dizer que vai entregar o amigo.

Caramba.

E se você passar por isso, diga que ele fez coisa errada e você vai avisar o gerente, o patrão, o encarregado, até pra Deus se for preciso.

Não tem outro jeito.

Na entrevista, eles pedem cálculos, redação, testes psicológicos, tem que se preparar, Dario. Se for texto sobre a empresa, defende os interesses dela. Pode mentir, eles também vão mentir para você quando conseguir o emprego.

Conformava-se com as exigências que poderiam aparecer nas seleções. Ele tirou a foto 3x4, e Samira aprovou o namorado com camiseta social, cabelo cacheado, testa larga, orelhas pequenas, queixo fino, sobrancelhas e nariz grossos.

Ela organizou com Dario as informações no currículo e, no dia seguinte, trouxe uma cópia de como ficou. Sugeriu que colocasse também o número do celular do pai dele, havendo problema, teria um telefone a mais para ligarem.

Olhou a parte do currículo que tinha "Interesses pessoais" no final e perguntou se era importante. A namorada explicou que era como se ele estivesse dizendo que nas horas vagas fazia coisas úteis, deixando uma boa impressão à empresa. Após acertar os detalhes, ela fez as cópias do currículo e das fotos, deixando tudo organizado.

Samira perguntou os locais que entregaria, ele respondeu que seriam aqueles que registrassem a carteira. Como a oficina abria às 8h, Dario entregou currículo nas empresas que eram a caminho do trabalho e abriam às 7h. No outro dia, deixou naquelas que abriam às 8h e justificou-se com o patrão que chegaria atrasado para resolver uns problemas.

Na semana seguinte, recebeu uma ligação do supermercado. Samira disse que daria certo e ficaria livre da oficina e daquelas manchas de graxa nas mãos.

No dia do teste, a psicóloga do supermercado pediu aos candidatos que resolvessem os cálculos e fizessem um texto de, no mínimo, vinte linhas respondendo à pergunta: "Por que você é importante para a nossa empresa?" Dario deveria escrever que o supermercado era um bom lugar para ele trabalhar.

Na sala havia um banner com a imagem de Jesus Cristo. Enquanto escrevia o rascunho, lembrou-se da professora Eleonor escrevendo muitas vezes na lousa: Introdução, Desenvolvimento e Conclusão. Além disso, dizia: "Dario, quando escrevemos, é preciso letra compreensível e um texto claro. Tem que ter conteúdo, porque as palavras têm poder."

Ele relacionou a causa de Jesus a uma conduta social e religiosa necessária ao trabalho. Contudo, acreditava que se o Salvador voltasse, os empresários seriam os primeiros a crucificá-lo. Jesus não admitiria pilhas de mantimentos destinadas exclusivamente a quem pudesse pagar.

Dias depois, ligaram pedindo que voltasse na quarta-feira

seguinte, às 14h. Dario estava feliz por ter passado na primeira etapa da seleção. A namorada o encorajou: "Vai dar certo, menino!".

Ele avisou ao patrão que chegaria novamente atrasado na parte da tarde. Naquela manhã, tudo parecia diferente. Tomou banho, vestiu-se com a melhor roupa e almoçou uma quentinha com a namorada após o banho. Samira desejou sorte, dizendo: "A vaga é sua".

Beijou a namorada e saiu. Pegou a bicicleta imaginando a vida mudando. Pedalou devagar para não suar tanto. Trancou a bicicleta no estacionamento do supermercado e arrumou a gola da camisa polo branca. Observou se a barra da calça jeans cobria as meias desgastadas e reforçou o cadarço frouxo do Rainha branco.

Apertou a campainha na porta da Administração, um rapaz atendeu e, ao mencionar a entrevista, pediu que ele aguardasse em uma das cadeiras do corredor.

Uma mulher com aproximadamente quarenta anos apareceu e chamou por Dario da Silva Souza, após terminar com outro candidato. Ao chegar à porta, ela pediu que sentasse. A sala tinha janelas de vidro, uma mesa e duas cadeiras. Ela segurava a ficha preenchida, o currículo e a redação.

Meu nome é Evilângela, hoje vamos estar avaliando o seu perfil para a empresa. Você escreve bem. Achei seu texto interessante. Você é religioso?

Um pouco. Disse Dario, sem ser.

Gosta de ler?

Sim.

O que você leu recentemente?

Achou melhor ser sincero em algumas coisas para não cair em contradição.

Estou lendo *Triste Fim de Policarpo Quaresma,* do escritor Lima Barreto.

É bom?

É. Fala que o Brasil poderia ser rico se os políticos acreditassem no país, se valorizassem o povo, a riqueza da terra, mas só o senhor Policarpo se preocupava. Ele criticava as pessoas que conseguiam bons empregos sem merecimento.

O nosso país é rico, o que falta é os políticos tomarem vergonha na cara e deixarem de roubar!

Dario achou estranho a mulher falar daquele jeito e respondeu:

O país poderia ser melhor.

O que você faz nas horas vagas?

Lembrou-se do final do currículo, sobre o seu momento de lazer. Disse que gostava de ouvir música, ler e assistir filmes.

E com quem você mora?

Com a minha namorada.

E seu pai e sua mãe? Perguntou curiosa.

Dario falou que sua mãe era muito doente e morreu. Para justificar a saída de casa, inventou uma madrasta perversa.

Então, foi viver a sua vida?

Chega um dia que temos que ser independentes.

Exatamente.

E como você paga as contas?

Eu trabalho em uma oficina mecânica e minha namorada, em uma papelaria.

Nessa hora, a representante da empresa ampliou os laços que ligavam o entrevistado ao supermercado: aluguel, obrigações, contas, responsabilidades. Um jovem destinado a permanecer muito tempo na empresa de alta rotatividade de funcionários.

E como vai fazer com esse outro emprego?

Vou pedir as contas se este supermercado me contratar. Estou lá até conseguir um trabalho melhor.

Emprego ou trabalho?

Ele ficou em dúvida e continuou na mesma palavra:

Trabalho.

Ok, então é isso. Parabéns pela sua redação. O pessoal do RH vai estar avaliando, e se tudo der certo, estarão entrando em contato com você.

Evilângela deu-se por satisfeita na entrevista. Dario agradeceu e desejou boa tarde para completar a encenação de bom moço. Saiu acreditando que chamariam. Como nada estava decidido, continuou entregando currículo.

No trabalho, Genaro disse que depois ele pagaria aquelas horas, quando Dario pediu desculpas pelo atraso. Trocou de roupa e começou a trabalhar. Os colegas brincaram que ele tinha ido fazer exame de toque. Deu risada, sem revelar os motivos do atraso.

Enquanto trabalhava na sexta-feira de manhã, Dario recebeu a ligação para levar os documentos no horário da tarde o mais rápido possível. Ficou surpreso com a rapidez e passou a manhã em clima de despedida. Sentiria saudades dos jornais e do Zezinho.

Antes de ir embora, Dario aproximou-se da mesa de vidro do seu Genaro com cartões velhos embaixo. O escritório bagunçado fedia a cigarro. Ele explicou ao patrão que precisava levar os documentos ao supermercado naquela tarde.

Vai embora, menino?

Queria passar na cara dele o motivo da saída:

Lá é registrado e tem alguns benefícios.

Tá certo, você tá certo. Passa semana que vem para pegar o dinheiro que tem pra receber. Boa sorte. Disse abaixando a cabeça e voltando aos papéis soltos na mesa, sem dar mais atenção ao assunto.

A indiferença do velho deixou Dario orgulhoso ao sair da oficina. "Eles acham que vamos morrer empregados deles", pensou.

À tarde, Dario levou os documentos ao supermercado. Começaria a trabalhar na segunda-feira, das 6h às 14h. Recebeu uma bota preta, duas calças vinho e duas camisetas brancas com o logotipo do supermercado. A bota de cano baixo ficou apertada e aguardou que trouxessem outra. Quando viu da janela escura do RH o supermercado lá embaixo, entendeu que a empresa era vigiada lá de cima. Provou o novo calçado e colocou tudo na sacola.

Deu certo? Perguntou a senhora responsável pelo RH.

Deu sim. Obrigado.

De nada, boa sorte. Antes de você ir, precisa falar com essa mocinha. Disse apontando para uma jovem.

A empresa "dava" uma bicicleta, reduzindo os custos com as passagens de ônibus. Dario, sem perceber a malícia, disse "Tudo bem". Preencheu os papéis da bicicleta que pegaria na segunda-feira. A moça entregou o crachá provisório dizendo que era obrigatório usar na empresa e apresentá-lo na entrada, em breve receberia o definitivo com chip para bater ponto.

Na saída, Dario admirou-se com as pilhas de produtos, mantimentos, frutas e verduras do estoque. O sol no horizonte banhava as ruas de amarelo suave. A namorada chegara, Dario contou as novidades.

Que bom. Disse dando um forte abraço e um beijo nele.

Precisava ver a cara do seu Genaro quando disse do novo emprego.

O velho ficou como?

Todo abestalhado.

Risos.

Samira realizava-se na conquista do namorado. Sentia que aos poucos os sonhos, a maturidade, o companheirismo e o amor costuravam o relacionamento deles.

Segunda-feira, Dario acordou cedo para tomar banho, desacreditando que saíra da oficina. Estava receoso com as coisas dando certo. Duvidava se merecia. Por que pensava aquilo? Não poderia ser feliz? E se fosse um sonho em que, ao acordar, estaria refém do Caixadágua ou da polícia?

Esquentou água no fogão comprado na loja de móveis usados, separou o RG, o crachá, vestiu a roupa, sentou num banquinho de madeira dado pelo pai, calçou as botas e terminou de passar o café. Bebeu um pouco e deixou à namorada, que, com os olhos entreabertos, desejou "Boa sorte" e voltou a dormir.

Dario achou melhor ir a pé, não demoraria meia hora andando rápido. Gostava de andar, precisava pensar um pouco. Chegou antes de abrirem o portão para os funcionários. Conversou amenidades com os novos colegas, que alertaram sobre os cuidados e o trabalho puxado.

O segurança abriu o portão e informou ao Dario que esperasse no estoque. Quando o gerente chegou, pediu que aguardasse na entrada da loja. Pelo porte físico razoável, o gerente Eduardo colocou Dario na função de repositor e alertou:

São três meses de experiência! O Fabiano aqui vai te orientar. Disse apresentando o repositor mais antigo. Tem que mostrar serviço. Completou.

Pode deixar. Concordou Dario, entendendo a fala do gerente como ameaça.

Para tranquilizá-lo, o gerente evangélico recobrou de si a missão cristã e incentivou o jovem:

Acredito que você vai se sair bem, pelas graças do Senhor. A Evilângela falou bem de você.

Que bom. Falou Dario.

Ele descobriu como funcionavam o supermercado e as empresas ligadas ao setor. O colega de trabalho alertou as obrigações de repor os produtos que acabavam no setor e a necessidade de deixá-los organizados. Eles conversavam à medida que abasteciam as prateleiras:

Deixa as prateleiras cheias que a gente bate a meta do setor bem facinho.

É só não deixar faltar, Fabiano?

Isso! A gente bate a nossa e ainda ajuda os setores que não conseguiram. O gerente precisa bater a meta da loja.

Tem isso ainda?

É fácil quando o gerente é o Eduardo. O pessoal gosta dele, tentaram botar ele em outra loja, os clientes reclamaram e ele voltou.

Ele parece ser tranquilo.

É gente boa. Tome cuidado com os outros, porque são carniça.

Às 7h30, serviam o café da manhã. As sobras das frutas avariadas eram cortadas e oferecidas para quem quisesse, ou tomavam um café puro. A compensação vinha dos vários alimentos comidos às escondidas. Meses depois, Dario desacreditou ao perceber que estava engordando. O almoço descontava uma porcentagem do salário.

Naquela primeira semana, ele trabalhou muito e entendeu como poderia deixar as prateleiras alinhadas, visualmente convidativas ao consumo, como aprendeu com os promotores representantes dos produtos. Diziam que as embalagens foram pensadas para chamar atenção, a propaganda e a necessidade de comer faziam a resto.

As músicas da rede de supermercados martelavam a cabeça. Sem perceber, Dário começou a organizar as coisas de casa. Samira deu risada e avisou a coincidência.

A poeira das embalagens substituiu a sujeira da graxa. "Três meses de experiência!", dizia Dario a si mesmo. Faria aquilo a vida inteira? Tinha que encontrar um caminho melhor através do estudo. Ao carregar fardos pesados de mantimentos, temia ficar entrevado, como o pai.

Firmino visitou o filho Dario, que contou do supermercado.

Que bom, filho. Aquela oficina era temporária mesmo.

Trabalho muito, mas é mais limpo.

As graxas da mão vão sumir.

Um dia elas somem.

Firmino falou que entraria de férias, precisava descansar. Conseguiu que comprassem vinte dias. Necessitava repousar um tempo, por anos seguidos, recusara o descanso mensal. Completaria 50 anos e queria viajar, qualquer lugar, visitar parentes, mas o salário não dava. Dez dias para esfriar a cabeça, arrumar as coisas de casa. Mesmo com os problemas que envolveram a saída do filho da favela, o pai achou que a mudança trouxe benefícios. Poderia dar mais atenção à Kátia, que reconhecia ser mais apegada à tia.

Os colegas do trabalho brincavam:

Só quem pode tirar férias, hein, Firmino.

Descansar, homi. A vida passa, a obra fica.

De férias, Firmino acordava de manhã cansado e no mesmo horário que saía ao trabalho. Sentia culpa por não estar trabalhando. Paredes, cômodos, rebocos, cerâmicas, pinturas, peões, prédios, tudo estava nos sonhos. A construção civil fazia parte dele.

16
Felicidade desbotada

Amadeu convidou Carlos e Chico para um churrasco no sábado à noite. Carlos sugeriu a Chico passear pela cidade antes de irem, ele aceitou. Chico fazia muita hora extra. Ajudava a construir a cidade que começava a implodir sua razão.

Os conhecidos da obra não passeavam pela cidade. Carlos acreditava que talvez fosse o preço da passagem, o cansaço do trabalho, a distância e a cidade opressora. Não podia culpá-los.

Vamos conhecer o centro e a Paulista.

E você sabe andar por esses caminhos?

Eu sei os ônibus e as estações de metrô. Se errarmos, a gente pergunta.

Carlos se informou com seu Saulo do almoxarifado sobre as estações de metrô e os lugares que queria ir.

Chico inspirava-se na curiosidade do amigo. Tinha que aliviar a cabeça, do contrário, não aguentaria um ano. Tomaram banho no banheiro coletivo do alojamento e café da manhã no refeitório com os demais trabalhadores. Como sempre, Chico achava que os conterrâneos falavam demais e faziam muita zoada.

Ao saírem do alojamento, Chico se perguntou ao ver a favela: "Como será lá?" No caminho, conversaram pouco. Atravessaram a Avenida Washington Luís e foram para a Rua Tamoios pegar o ônibus, sentido metrô Jabaquara. Desceram ao lado do metrô e na entrada da estação ouviram: "Praia, litoral", "São Vicente", "Praia Grande", "Guarujá".

Carlos comprou as passagens e, quando passaram a catraca, pediu ao Chico que esperasse um pouco. Precisava olhar o mapa das estações, concluiu que bastava seguir pela linha azul, queria conhecer a Estação da Sé.

Carlos achou boa a sensação de pegar o metrô no início da linha e vê-lo enchendo. Pessoas de todos os jeitos, cores e nacionalidades entrando e saindo. O mundo era aquela diversidade, mas seria bom se as pessoas se olhassem, conversassem e não estivessem fechadas em suas vidas.

Ao desembarcarem na Sé, eles não sabiam que sentido tomar, Carlos queria andar, descer e subir as escadas rolantes que iam a muitas direções. Memorizou a linha azul, sentido Tucuruvi. Ouviu dos colegas que lá passava metrô para muitos lugares da grande capital, queria se perder, mas encontrava-se.

Carlos achava estranho o barulho dos trilhos do metrô e as canaletas de vento empurradas pelas centopeias metálicas. Em um dos espaços da Estação Sé, espantaram-se com a pintura do artista Mário Gruber. Chico e Carlos olharam o mural e concordaram que estavam amarrados à máquina.

Botaram isso aí pra gente lembrar quando passar, é?

Carlos não quis dizer nada de imediato e leu a frase na placa: "Como sempre esteve, o amanhã está em nossas mãos", e disse:

Tem um cara armado e escondido, acho que ele quer vingança e que o amanhã seja nosso.

É, pode ser. O cara que pintou é bom. Vida de moer gente.

Passar todo dia aqui e ver isso dá revolta.

Naquela tarde, Carlos sentiu um murro na alegria de andar pela cidade. Chico deu razão ao artista. Ambos foram se afastando aos poucos. Carlos observou um homem andando repetidamente pelo mesmo trecho da estação e ficou sem entender.

Chico apontou o lugar da saída e Carlos seguiu o amigo, desceram na Praça da Sé. Ao subir a escada rolante e olhar ao redor, notou que havia um mundo ali embaixo, uma outra cidade. Comprou uma água na banca de jornal e, sem dificuldade, descobriu que as pessoas morriam de frio, jogavam-se na linha do metrô, pulavam da ponte, eram agredidas pela Guarda Civil Metropolitana e tinham seus produtos, pertences, cobertores e documentos roubados.

Carlos ouvia tudo o que o amigo conversava com o senhor de Quixadá, que tinha vontade de voltar para sua terra.

Caminharam à Rua Direita sentido Viaduto do Chá, conforme informara o homem da banca de jornal. Carlos estranhou os colossos de concreto. Pensou numa dor bonita. Felicidade desbotada. Alegria carregada de tristeza.

Passando no Viaduto do Chá, observaram a Avenida 23 de Maio com trânsito livre. Carlos propôs que fossem à Avenida Paulista, enquanto lia os cartazes na mureta: "Qual é o papel da sua cena?", "Livre para escolher prisões" e "Laroyê Exu!". Ao ler o último cartaz, veio a lembrança do artesão no Ceará.

Chico ouvira o nome da Avenida Paulista muitas vezes e concordou. Caminharam curiosos ao Teatro Municipal. Quando perguntaram o local para o ônibus sentido Avenida Paulista, um senhor apontou a Praça da República e deixou claro que pegassem do lado de lá da avenida ao perceber que eram novos na cidade. Chico agradeceu.

Carlos respirava uma atmosfera de tempo naquelas ruas.

Chico realizava-se, pois, se estivesse em Fortaleza, nada daquilo estaria acontecendo.

O cobrador ajudou no local da descida, entendera o passeio deles pelo sotaque forte e carregado. Andaram no cruzamento da Paulista com a Rua Augusta, sentiram-se perdidos. O jovem chamou a atenção do amigo: "Vamos andar, mah". Falou quando percebeu a preocupação de Chico.

Carlos sabia que o MASP ficava naquela avenida. Na banca de jornal, foram informados que na quarta esquina estariam no museu. Os prédios obliteravam o céu, que parecia um retângulo contínuo. O céu deixa de ser importante quando sua imensidão não pode ser vista. Aos obeliscos de concretos, de nada vale o céu. Em um cruzamento, Chico teve a sensação de pisar na encruzilhada do mundo e disse, olhando os perfis dos prédios:

Isso aqui é coisa de outro planeta.

É prédio de doer as vistas.

Estão se exibindo, um querendo ser melhor que o outro, Carlos.

Parece mesmo. Tão fazendo pose.

São gente, Carlim.

As pessoas são assim aqui?

Um querendo ser mais que o outro.

Carlos se aproximou do prédio, recordando o teorema de Pitágoras. Um triângulo de bases largas. Associou às explicações das aulas sobre as camadas da sociedade na qual a pirâmide social demonstra quem é quem e o que cada um faz.

Ao Carlos, a máquina do mundo se entreabriu. Na base da engenharia social, viu o lugar ocupado por ele e relacionou ao prédio de fachada funil, em Fortaleza. Talvez não devesse estar ali, mas disse consigo que aproveitaria. Prédios e mais prédios, e a gente fazendo mais. A certeza de que não ficaria na cidade confortava.

Viram um grande vão e pessoas numa fila, Carlos leu no banner a palavra MASP. Chico espantou-se com a estrutura que deixava o prédio em pé. Enquanto andavam no vão do museu, Chico viu nos dois lados cenas em telas de grandes dimensões, de um lado prédios, do outro a avenida, o verde do parque, os carros e os pedestres. Grandes telas em movimentos distintos.

Ele disse ao Carlos que queria sentar um pouco. Precisava pensar sobre tudo que estava vivendo. O corredor de prédios da avenida fez Chico imaginar aquelas estruturas em construção e milhares de pedreiros e serventes subindo, descendo, chapiscando, rebocando, subindo paredes e assentando cerâmicas. Onde estariam todos eles agora?

Carlos andou um pouco no vão livre e sentiu o que era aquilo que muitos procuravam na fila, sentados em rodas de amigos, tirando fotos, moradores em situação de rua conversando.

Chico reafirmava para si que não se arrependia de ter viajado para a cidade. Sentia-se no meio de uma grande esfinge que não sabia decifrar.

Carlos sentou em silêncio ao lado dele, eles pensavam cada um ao seu modo o que era aquilo em suas vidas. Depois de meia hora, comentou:

Vamos comer alguma coisa, Chico?

É bom, já são quatro horas. Disse, olhando o relógio.

Ao saírem do vão aberto do museu, avistaram uma lanchonete no outro lado da avenida.

Diz aí, mano? Falou o atendente, percebendo nos clientes pessoas simples.

Uma coxinha e um refri.

O meu também, mas com suco de laranja. Pediu Carlos.

Cês não é daqui, né, meu?

Não, estamos a trabalho e depois vamos voltar pro Ceará. Disse Chico.

Sério? Cheguei moleque com os coroa, um dia volto para Pernambuco. Isso aqui é coisa de louco. Mundo cão!

Agitado e o povo vive correndo. Falou Chico.

Cê é louco, mano. Se cair, os malucos atropela. Disse o atendente, saindo para buscar o pedido.

Carlos pensava no que diziam dos nordestinos na cidade e como a vida era estranha ali. Difícil acreditar que um salário de lanchonete daria para comprar um tênis caro.

Pronto, mano. E aí, estão gostando da cidade?

Aqui é diferente e muito massa também. O povo é sério demais. Falou Carlos.

É assim: cada um no seu quadrado. Você acaba ficando igual e foda-se o resto!

Chico queria dizer que pensavam muito em trabalho e aproveitavam pouco a vida, mas havia incerteza. Queria tirar as próprias conclusões. Limitou-se a dizer:

As pessoas trabalham muito e tudo é longe.

Tem essa fita também, um dia eu saio daqui. Disse o balconista, sem convicção. Boa sorte no trampo e no rolê.

Carlos fez sinal de joia. Chico pagou os lanches, dizendo ao amigo que não se acostumasse, e agradeceu ao funcionário. Foram à Avenida Brigadeiro Luís Antônio, indicada pelo balconista.

O jeito de falar aqui é diferente, né, mano Chico?

Nosso sotaque é mais bonito e sem frescura, mano Carlos.

Frescura tem.

Riram.

Pegaram o ônibus 5175 Vila Joaniza, sugerido pelo Amadeu, que havia informado o ponto de referência.

Durante o trajeto, eles viram o Monumento às Bandeiras em frente ao Parque do Ibirapuera, com indígenas e negros amarrados, simbolizando a saga paulista. Carlos desacreditou que ainda havia esse tipo de arte.

Chico comentou sobre o avião descendo no Aeroporto de Congonhas.

Bichão, hein, Carlos.

Passa bem perto da avenida, né?

Vai entender como fazem isso.

Carlos começou a perceber a cartografia da cidade quando passou no viaduto da Avenida Washington Luiz e viu as favelas. Distante do centro, conheceram os morros de casas sem reboco. Era final de tarde quando se aproximaram do bairro do amigo.

Carlos perguntou ao cobrador se a Praça da Vila Joaniza estava perto, ele informou que em dez minutos chegariam. Chico ligou ao Amadeu dizendo que estavam perto, ele falou para descer um ponto depois da praça. Amadeu esperava os amigos e os cumprimentou dizendo que o tira-gosto estava no fogo e a cerveja bem gelada.

O bairro estava movimentado. Na esquina do beco largo, Chico e Carlos estranharam uma movimentação. Amadeu explicou baixinho que ali era uma biqueira, mas não havia perigo porque pagavam o "Bolsa Família" da PM.

Eles embaçam quando gente estranha aparece. Disse Amadeu, indicando com a cabeça o recado no muro: "Proibido a entrada de pessoas estranhas".

Tem lugar que não precisa nem escrever isso, as pessoas sabem. Falou Carlos.

Se a polícia quisesse, tinha acabado. Não acaba porque comem uma parte. Disse Amadeu.

A rua estava agitada com as músicas dos carros, barulhos de escapamentos de moto, crianças correndo, moradores conversando nas casas e vielas. Entraram em um beco de casas com pouca iluminação e desceram uma extensa escada concretada. Amadeu abriu um portão à direita que levava ao quintal da casa que morava, onde outros convidados aguardavam. Apresentou Carlos e Chico aos três amigos e foi à geladeira pegar cerveja para os novos convidados. Entregou as bebidas ao Carlos e brincou:

Não vai mijar na cama mais tarde, hein.

Que nada! Defendeu-se.

Carlos e Chico sentaram em uma das cadeiras brancas de plástico no quintal. Chico explicou as razões dele na cidade. Enredos parecidos complementavam-se, a diferença eram as idades, os locais de origem, mas Chico pretendia retornar à sua cidade.

Carlos encostou-se no muro baixo, onde deixou apoiada a latinha de cerveja, cujo sabor achou ruim. Desejava um roteiro de vida diferente daqueles que estava ouvindo. Olhava atencioso o morro de casas e sobrados iluminados, tinha vontade de dizer aos moradores que a cidade que ajudavam a construir excluía cada um deles.

Deslumbrava-se com as ladeiras e escadas intermináveis, o morro de casas e de sobrados uns sobre os outros, as janelas escancaradas, quintais à mostra, roupas no varal e a diversidade de músicas.

Carlos deu um tempo para si, enquanto escutava "Alejandro, Alejandro, Alejandro." "Pegadinha do inglês, sou americano", "Qualquer maneira de amor vale a pena", "Zé do Caroço batalha", "Doce, doce, doce, a vida é mel." Imaginou-se um Zé do Caroço que não deixa o mar te engolir. "Doce, doce, doce. A vida é um doce, vida é mel." Se perder e se achar pra poder entender. Ele viu crianças brincando em uma laje e teve saudade da infância. "E na hora que a televisão brasileira distrai toda gente com a sua novela", "O medo segue os nossos sonhos", "Com a cocaína eu vou parar. Eu sei coca, eu sei que mata."

Das trilhas sonoras que embalavam a noite, Carlos sentia-se o Zé do Caroço sem espaço na novela, precisava se achar no mundo e ver o que faria nele. Adoraria uma vida doce. Com as drogas tomaria cuidado, como alertou Sabotage, que Carlos lamentou o assassinato.

Amadeu interrompeu os pensamentos do Carlos oferecendo-lhe mais uma cerveja. Assim que abriu a latinha, levantou alto brindando aos amigos. Chico retribuiu-lhe o gesto com a cerveja no fim. Um dos convidados, ao abrir a latinha, brindou com os amigos e falou:

Primeiro pro santo. Em seguida jogou um pouco de cerveja no canto da parede.

Os colegas acompanharam mesmo depois do primeiro gole. Amadeu chamou Chico e Carlos com a expressão de quem mostraria uma novidade. Abaixou-se na estante e pegou o disco do maranhense João do Vale.

Um dos nossos, saiu da terrinha, começou na construção e virou cantor.

Massa, hein. Disse Carlos.

Caramba! Falou Chico, impressionado.

A música *Uma tarde tão linda de sol*, do Fernando Mendes, recordando o *Prelúdio em dó maior*, do Bach, terminava. Amadeu desligou o CD e colocou o disco *A rosa do povo*. No momento em que abria a tampa e ligava o toca-discos, mencionou que o Bezerra da Silva e o Cartola trabalharam em obra.

Amadeu virou a latinha de cerveja enquanto o disco começava a tocar. Na cozinha, um amigo que fritava linguiça e frango avisou:

Seus boa vida, pega esse frango aqui e leva pro pessoal.

Amadeu ajudou e entregou mais cervejas, enquanto Chico e Carlos ouviam o disco. Gostaram do sotaque e da voz forte escandida do maranhense.

"Eu fui pedir aumento ao patrão...".

Olha aí... toma cuidado na hora de pedir aumento. Falou Chico.

"Dizem que acabou a escravidão, mas pra mim não."

Acha que a gente vive numa escravidão? Perguntou Carlos ao amigo.

Chico fez cara de dúvida e ficou pensando se o que estavam vivendo naquele momento era liberdade.

"Dá lucro ao meu irmão, mas pra mim não, mas pra mim não".

Amadeu chegou dizendo:

Imagina aí quanto dá de lucro um apartamento daquele? O metro quadrado aqui é caro.

Tem lugar em Fortaleza que também não é barato. Disse Chico.

Eu não sabia disso. Espantou-se Carlos com os valores.

Os mestres e os engenheiros acabam soltando nas conversas, Carlos. Falou Chico.

Carlos olhou o chão, calculou um metro e pensou no tamanho de um apartamento, quantos por andar, e sem dificuldade chegou à conclusão de que um prédio representava milhões ou bilhões, dependendo da região.

Amadeu convidou Carlos e Chico para irem ao supermercado comprar cerveja. Chico gostou da ideia, assim daria sua contribuição. Explicou como chegara de Pernambuco enquanto caminhavam pela Vila Joaniza. Havia morado de favor na casa do primo e de aluguel, depois conseguira um terreno barato e construíra uma casa para a família, os relacionamentos fora do casamento estragaram tudo.

Carlos observava as casas, as pessoas, os comportamentos, as roupas, os cortes de cabelo, as gírias, tudo era novidade. Desvendava as moradias através das portas e janelas abertas. As casas bem arrumadas, pintadas e com cerâmica contrastavam com as paredes de fora, sem reboco. Ao passar sobre uma ponte, viu casas e barracos com as luzes acesas quase dentro do córrego.

A conta do supermercado foi dividida entre os três. Ao retornarem, os demais amigos de Amadeu começaram aos poucos a se despedir, combinando outro churrasco na casa de algum deles. Amadeu pediu que os amigos da obra dormissem lá. O anfitrião trouxe um colchonete ao Chico e edredons para eles. Carlos disse que não tinha problema dormir no sofá.

Na manhã do dia seguinte, Amadeu fez café para os amigos, dizendo:

A vida podia ser só festa.

Aí seria bom. Falou Carlos.

Chico sorriu, passou uma água no rosto e molhou o cabelo no tanque do quintal. Carlos também lavou o rosto, vendo as casas do morro dormindo como os donos. Ele disse a Amadeu que não precisava deixá-los no ponto de ônibus, porque aprenderam o caminho. Agradeceram ao anfitrião e seguiram as ruas da Vila Joaniza, que descansava da noite anterior.

17
A vida como palavra

Morrer só vai ser mau negócio pra mim depois que eu tiver uma vida bala. Mas, pra eu poder ter uma vida bala algum dia, não tem jeito: eu vou ter que passar por cima da lei e arriscar essa vida fodida que tenho hoje.
José Falero

Conhecido como Caixadágua, Christian viveu humilhações, fome e preconceitos que moldaram sua consciência. A preocupação em esquecer e superar tudo não foi maior que a vontade de vingança. Praticou pequenos delitos imaginando sucesso. Na vantagem poderia haver desvantagem, dizia: "Tô nem aí! Vô cobrá, filha da puta!" como mantra filosófico do crime. Para onde olhava, era agressão, miséria, desrespeito. A vida na favela fazia parte de um propósito bem definido do Estado: deixar o povo morrer. A PM serve para extorquir, matar, botar medo. O respeito de Christian pelo governo foi com a professora Eleonor.

Uma vez ela pediu pra escrever a primeira palavra que a gente conseguia, depois ler na sala. Sabe o que escrevi? Perguntou Christian aos comparsas no final do beco.

O quê? Indagaram.

Eu escrevi: priquita, professora. Falou Christian dando risada com os amigos do crime.

Eleonor fingiu ignorar o significado da palavra e ironizou: Christian anda pensando muito nisso, sei não.

De gaiato, tornou-se palhaço pervertido diante dos colegas de sala. Apesar do curto período na escola, não se sentia bem lá. Para ele, era mais um lugar de opressão. Horário, fila, gritos, diretor, coordenador, professor, segurança no portão, quatro horas sentados, sem bola no recreio, muro alto e muito carão. Certa vez, o chinelo de muito prego e arame arrebentou a caminho da escola. O diretor, quando soube que o menino andava descalço, pediu que comprassem rapidamente uma chinela.

A avó e a tia tentaram cuidar dele, mas viveu por si. O pai brigava e ameaçava as pessoas. O reino da malandragem cortava qualquer rivalidade e logo o pai de Christian foi achado morto. Da mãe viciada em crack, ninguém sabia. Quando ouviam notícia de que estava em algum lugar do centro, iam atrás e ela fugia. Desistiram. Christian tornou-se o temido Caixadágua. Aumentou a dose de perversidade culpando todos pelas desgraças vividas. Enquanto vivesse, iria cobrar.

Participou de assaltos e se destacou na frieza, aumentando o *status* no mundo do crime. Com isso, começou a praticar ruindades. Só parava de agredir uma vítima de assalto quando um malandro considerado discordava do excesso. Gostava de ver sangue jorrando.

As maldades passaram do limite. Os comparsas começaram a ver Christian como um mal a ser combatido. Temiam dele uma trama maquiavélica em que matava os parceiros do crime. No imaginário de quem vive nesse mundo, a confiança é irmã da incerteza. Os moradores reclamaram aos chefes da comunidade que ele agredia, ameaçava e mexia com as meninas. A reação precisava ser rápida. Havia o temor dos moradores ligarem à polícia caso não dessem um basta naquilo.

Na lista de Christian estavam Samira e Dario, que, sem falar à namorada, esquivava-se dele nos becos, evitando ser visto. A prima Suellen ouviu os desvarios dele: "Fazê sofrê na frente dele. Cano do TA na boca dele e eu beijano a vadia, quero vê o que vai fazê."

Suellen foi beijada à força por ele. Com Samira, queria consumar o sexo reprimido. No primeiro dia que ficaram, Christian passara a mão nela, mesmo Samira dizendo que não fizesse aquilo. Deixara de frequentar festas e grupinhos da escola onde ele poderia aparecer. A partir desse dia, ela passou a ser mais exigente com os homens.

Os pais de Samira e Dario não comentaram a ameaça aos líderes do crime.

Preocupada com o irmão, Kátia avisou ao primo Franco durante a visita o motivo da mudança do irmão.

Você nem tá sabendo, né? Perguntou Kátia na visita ao primo.

Falaí? Indagou Franco, curioso.

Christian tava de trairagem pra pegar o Dario e a Samira.

Não! Vô matá ele!!! Olha o atraso que é tá aqui e não agir rapidão. Vô ligá pros caras dá um xeque-mate nele.

Meu irmão não faz nada a ninguém. Falou Kátia, satisfeita com a atitude do namorado. Achava prazeroso ver o poder agindo sobre a morte e a vida.

Algumas semanas após Samira e Dario deixarem a favela, a cúpula do crime resolveu os desmandos de Christian. Ele poderia ter matado os chefes da favela, mas era tarde. Sentia tesão na mulher do gerente, invejava o estilo do assaltante de banco e queria o poder do chefe. O clã da malandragem pediu ao menino Foguetinho que descobrisse onde Caixadágua estava e com quem.

Vai rapidão!!! Ordenou o gerente do tráfico.

O menino valia o apelido, em poucos minutos voltou.

Tá sozim na cruz dos becos noiado fumando um. Falou sem respirar.

O local tinha esse nome em razão da cruz entalhada no poste de madeira feita por outro malandro sem salvação.

Chegaram cercando e dizendo a real ao Christian, que ouviu calado e de cabeça baixa. Arrependia-se de não ter dado voz à consciência. A ressaca de drogas e álcool gerava culpa.

Então, cê vai botá terrô nos moradô? Cadê a responsa? Perguntou o gerente.

De soslaio, Christian fantasiava o que poderia ter sido.

"Tivesse te matado aquela noite, inda tinha ganhado sua 9mm".

Cadê a disciplina? Se nóis perdê a responsa da favela, o que vai virá? Moradô relata o bagui, nóis num age, cumé que fica? Se nóis num têm respeito na quebrada, vai ter onde, chapa? Perguntou o chefe do tráfico.

"Só queria sua muié, gozar bem gostoso nela".

Como escapar daquele beco sem saída? Foguetinho, escondido, assistia com o coração disparado. Caixadágua pensou em correr, agredir, pedir mais uma chance e dar a própria vida como palavra.

A instituição do crime tem suas normas, se fugir delas, haverá cobrança. Christian estava desvirtuando leis da bandidagem e desmoralizava o mundo do crime.

Vô mudá, palavra de homi. Se eu vacilá, pode passar o ferro.

E a covardia com o primo do Franco? Falou o gerente.

Não! Quem falô?

Ciuminho por caso que a mina não quis você? Ironizou o gerente.

Caixadágua ficou em silêncio, pensou em quem o havia dedurado para cobrar mais tarde.

Tu é só treta e desacerto! Como é que fica vivo desse jeito? O cara guardado, pagano perrengue que assumiu sozinho, e você ameaçano a família dele. Disse o assaltante.

O chefe pediu que olhasse a parede enquanto os três criminosos conversavam. O assaltante recordou a frieza dele nos 157 realizados. O gerente disse sem rodeios:

Tamo criano cobra pra mordê nóis!

Tem essa fita! — Por fim, o chefe deu a ordem — Já era! Sem condições, vários B.O., moradô tudo na neurose.

Christian recebia a sentença pacificamente. Agradecia ter vivido até ali. Havia chegado longe, o aborto da mãe não fora bem sucedido e em algum momento da infância era para ter morrido de fome.

O assaltante tentou absolver Caixadágua, mas os votos foram dois contra um. E o braço teso do gerente segurando a pistola 380 terminou a conversa com o tiro padrão execução.

A cruz no poste e a santa tatuada no braço do atirador não afastaram a sombra da morte. Christian e os comparsas encarnavam o paradoxo da cruz.

Foguetinho fechou os olhos com o disparo forte e seco da automática. O menino teve tempo de vê-lo caindo e se apoiando na parede.

Desfalecendo, lamentou não ter matado todos quando tivera chance. Amaldiçoou:

Vão morrê do mesmo jeito.

Os criminosos se entreolharam sem saber o que dizer.

Moradores diziam que Caixadágua foi esquartejado, outros que o corpo estava num poço sem fundo. Muitos duvidavam da morte. Foguetinho era a única testemunha, mas quem acredita em menino e dá atenção a ele?

18
Incêndio

A desigualdade era o preço da civilização.
George Orwell

Os trabalhadores do alojamento acordaram com o incêndio na favela na madrugada de segunda-feira. Chico e Carlos foram ajudar os moradores.

Pessoas aflitas, cuidavam de objetos, eletrodomésticos, trouxas de roupas, cômodas, panelas, botijões, fogões, mantimentos espalhados na rua e correria entre os becos.

Se um dia tiver o fim do mundo, o fogo do Apocalipse vai ser assim, disse uma senhora, caminhando em sentido contrário ao Chico.

Ele decidiu ajudar dona Luíza, que lamentava:

Minha filha está com as coisas e sem ninguém para ajudar. Ô, meu Deus! Disse limpando as lágrimas.

Ele disse desconhecer o lugar, precisava de alguém para chegar ao barraco. A senhora pediu à amiga que olhasse o que conseguira salvar.

A idosa apontou a casa no beco que fumegava, com pessoas saindo da névoa de fumaça.

Oi, moça, sua mãe pediu para eu ajudar. Disse Chico.

Obrigada.

Rose juntava o que podia e disse que queria levar fogão, botijão e mesa. Chico puxou a mangueira do gás, tirou as grades, bocas e colocou tudo no forno. Ergueu o fogão, apoiou na cabeça e segurou. Na outra mão, levou o botijão, que por sorte estava acabando.

No beco, moradores desesperados corriam salvando o que podiam. Descalços no chão que virou barro, via-se passos firmes e apressados. Uma massa pisada e repisada formou-se sob os pés acostumados à sobrevivência atemporal.

Chico deixou o fogão, o gás e o chinelo, que atrapalhava. A senhora mal teve tempo de agradecer, voltou correndo e pegou a pequena tampa da mesa de mármore e levou à cabeça. Pediu à moça que colocasse o suporte da mesa e as duas cadeiras em cima. Quando voltou, pegou a cômoda e ouviu a notícia de que o fogo se aproximava. Um homem queixou-se em voz alta:

Eles vão mandar bombeiros quando não tiver sobrado nada!

Querem que a gente morra!!! Falou uma senhora que passava.

O sonho deles é tirar a gente daqui. Vai ver foi eles, ninguém sabe de onde o fogo começou. Disse outra idosa, que chorava.

Ao sair do barraco, Chico sentiu o calor do fogo mais próximo. Olhou o fundo do beco e viu as chamas lambendo e incrustando as paredes dos barracos. As labaredas avançavam, fazendo das casas insignificantes folhas de papéis que se contorciam, estalavam e chiavam. Chico copiou um homem que viu carregando a geladeira apoiada nas costas, puxou o eletrodoméstico, inclinou na magra costela com as mãos, segurou embaixo, e saiu envergado. Em uma situação normal, não faria aquilo. Rose acompanhou-o com a mão apoiando a geladeira e gritando:

Licença! Licença! Licença!

Perto da senhora, ele soltou aos poucos a geladeira. Aproveitou para sentar, homens e mulheres choravam cada um a sua maneira. Chico entendia a dificuldade dos desabrigados.

Dona Luíza pediu que ajudasse a sobrinha que morava no outro beco, onde o fogo estava distante, Chico concordou mesmo com a coluna doendo. Rose agradeceu.

Nada não, moça.

Ele pensava no barraco queimando, no momento em que Rose disse chorando ao ver o beco onde morava pegando fogo:

Minha casa! Perdi minha casa! Meu Deus.

Um homem aparentemente bêbado carregando um casal de cachorros embaixo do braço lamentava:

Jubileia e Romênio, a gente vai começar tudo de novo.

Um desolado senhor passou ao lado de Chico com um balde. A roupa do corpo e os pertences do balde resumiam as quatro décadas de patrimônio na capital paulista.

Chico escutou a voz embargada de uma senhora lamentando:

A vida dá o resto depois, agora é viver.

Ele pensou na mãe, pai, mulher, filha. Os olhos umedeceram. Os barulhos das sirenes se aproximavam da favela.

O corre-corre continuava na rua. Rose disse que Chico carregaria algumas coisas quando chegou à casa da prima. Sem tempo para apresentações, Rose auxiliou Chico, que juntava as panelas e roupas em duas trouxas de lençol.

Perto da casa, uma mãe de santo não saiu para nada enquanto fazia um trabalho. Uma jovem frequentadora do terreiro explicou a Rose:

Mãe Aparecida está trabalhando com Iansã para afastar o fogo.

Chico não entendia daqueles assuntos, mas sentiu um vento

estranho naquele lado da favela. Os bombeiros chegaram e iniciaram o trabalho de rescaldo.

Carlos e Chico se encontraram na rua ocupada pelos moradores com o que sobrou dos pertences. Começava mais um dilema: onde dormir? Uns procuravam madeiras, outros improvisavam um barraquinho com restos de tábuas dos guarda-roupas ou tendas com sacos pretos. Além disso, precisavam garantir o espaço do antigo barraco.

Colchonetes e cobertores chegavam em doações anônimas. Em seguida, serviram sopa aos desabrigados.

Sentados no meio-fio da calçada, Carlos não aguentou e limpou as lágrimas. Chico queria ser forte e não conseguiu. Colocou a mão no ombro do amigo e disse:

Vamos subindo que daqui a pouco não tem moleza na obra.

***

Acorda pra cuspir, Carlinhos. Falou Chico.

Hoje tá difícil, mas vamos lá.

Havia certeza entre eles de que deveriam faltar ao trabalho naquela segunda-feira. Estavam impregnados pelo cheiro da fumaça.

Carlos lembrou-se dos que ficaram sem casa e disse consigo que não tinha o direito de reclamar. Ao saírem no portão do alojamento, ambos olharam a favela, não sobrou quase nada.

Chico viu um grande declive e o rio passando perto da favela, metro quadrado sem importância. Quem ia querer sentir o cheiro de esgoto e ver as porcarias e dejetos da cidade?

Restavam uma mancha de carvão e ferros retorcidos em meio às névoas de fumaça espaçadas brotando do chão.

Saudade do Ceará. Disse Carlos, desviando o olhar.

Lá é o mesmo sofrimento. Só que desse jeito aqui é demais.

O ônibus fornecido pela Siará Grande Engenharia estava quebrado. Tiveram que pegar dois coletivos para ir ao trabalho. Às 6h, as cadeiras estavam ocupadas. Carlos e Chico encostaram-se no vão de portas utilizado nos terminais.

A gente veio em busca de solução e vê é problema.

A cidade é boa pra quem tá bem, o resto... agora é aguentar um ano. Respondeu Carlos.

Precisamos segurar as pontas, Carlinhos.

Chico deu "Bom dia" a todos da obra, mesmo sabendo que não seria. Olhou a cidade do esqueleto de prédio que crescia e cuspiu uma gosma viscosa que se desprendeu em gotas, e não inundou a cidade como desejava. Para ele, a metrópole fazia parte de um ser vivo que torturava e sugava as pessoas. Longe da vista daqueles prédios, barracos em deformidade, em cima dos córregos, pegando fogo, e os pobres na beira dos rios.

Chico dava vazão ao sofrimento na fumaça do cigarro tragado. Retomou o hábito deixado desde o nascimento da filha. A saudade da família, o frio e o trabalho estavam em cada cigarro. Voltou a fumar como remédio para curar a solidão, a consciência e as neuroses da cidade.

Nunca sentiu a vida tão dura e pesada. Sentia o peso da vida na escolha que fizera. Arrependeu-se de estar ali. A dor dos outros era sua. Os olhos vermelhos estavam caídos de cansaço. Ao deixarem o trabalho na segunda-feira, Chico e Carlos entraram no coletivo e se encaixaram no corredor humano de costas curvadas.

Os trabalhadores lotavam as caixas retangulares de ferro e vidro sobre rodas. Entre os ônibus, pessoas viam-se constrangidas na exposição bizarra. Homens se aproveitavam das mulheres com decotes, das camisas folgadas, das bundas pequenas e grandes, das peles macias, dos perfumes desgastados e dos ombros na posição certa do membro.

A rotina maçante da cidade desnorteava Chico. Aquela normalidade não era saudável. Sofrer calado, a mente latejando, vida besta girando, girando vida besta, besta girando vidas, bovina vida. Vida na betoneira.

Paletas do para-brisa limpavam a poluição não respirada. "Dizem que acabou a escravidão, mas pra mim, pra mim não", martelou o refrão na cabeça do Chico. A força da servidão está no silêncio da carne.

Carlos naturalizava para sobreviver e sair lúcido. Alienação como libertação. Se gritasse e dissesse que tudo aquilo estava errado, seria chamado de louco. No futuro, vamos olhar essa vida e dizer que tudo não passou de uma grande exploração. Corpo e mente obrigando adaptação. Confortava-se com a data que deixaria a metrópole. Rotina sem fim. Pessoas em estado comum de tempo perdido. Vida no eixo. Felicidade supérflua. Prisão de cela aberta. Via tudo aguardando a despedida da cidade. A paciência o deixava lúcido no mundo normal de brutalidades inerentes à vida.

À noite, Chico tomou uma, duas, três. Perdeu a conta de quantas doses tomou do Velho Barreiro no bar perto da favela. A bebida revigorava ou aprofundava de vez os problemas. Descobriu nas conversas do bar que um ex-morador da favela havia comprado uma casa de classe média.

Cê não via ele. Trabalhava direto. Disse um morador.

Despediu-se dos desconhecidos e voltou ao alojamento, Chico pensou no trabalhador e seu feito. Queria jogar o maço de cigarros longe. Contentou-se em rolar a guimba nos dedos, prendê-la entre o dedo médio e o polegar, jogá-la com força no muro e ver faíscas de brasa iluminando a noite. Achou melhor apagar a bituca de vez, chega de incêndio.

Chegou ao alojamento e viu Carlos e os demais trabalhadores assistindo à TV. O amigo percebeu que Chico estava melado e deu "Boa noite" para disfarçar, ele respondeu e foi dormir.

19
Voraz cidade

de resto
a cidade seguiu seu curso,
nem parecia
que alguém tinha morrido
até porque todos os dias alguém
morre sem ninguém saber.
Aline Bei

Após a fila demorada, Chico, Carlos e Amadeu almoçaram juntos no refeitório da obra. Chico não tinha o que dizer, dormiu mal mais uma noite. Aborrecia-se com a mesmice dos colegas dizendo "Deixa pra mim", "Tem os outros", "Chegou da seca do Quinze", "Pra comer é um caminhão, pra trabalhar...". A cidade, o incêndio, a filha e a solidão o consumiam.

Não descansou o suficiente após o almoço. Dormia acordado enquanto trabalhava na parte do prédio sem parede lateral. Arrastava-se no chão saliente, quando tropeçou pela última vez na vida. Passos indecisos, corpo incerto, olhos verdes avermelhados, sonolentos, caminhou no ar.

Ao ouvirem o baque e verem o companheiro no chão, os trabalhadores entenderam como questão pessoal. O conterrâneo caído era como eles. Se pudessem, botariam o prédio abaixo. Destruíram o que podiam. Vingavam-se do lucrativo metro quadrado tirado das costas deles. Se não podiam atingir o centro de comando do sistema, então um dos representantes da exploração teria que sentir no bolso a dor deles.

Quando soube do ocorrido, Carlos deu pesadas nas paredes que acabaram de ser construídas dentro do prédio. O estrondo delas caindo o satisfez. Queria ver o Chico antes que a polícia chegasse.

Nos últimos minutos de lucidez, Chico sopesava a vida acerca do que poderia ter sido. Mudaria tudo aquilo negando-se a trabalhar em São Paulo? Daria para voltar no tempo?

Chico queria adjetivos em seu predicado. Queria ter história para contar. Gostaria de ser sujeito nas orações da Clarinha. Queria adjetivos diferentes daqueles expostos nas capas dos jornais e explorados nas tragédias dos programas policiais. A negação dos sujeitos acompanhados de artigos indefinidos. Imperativos de sentenças acusando previamente. Vernácula vida. Clarinha dominava suas lembranças. Tentava recordar todos os momentos com ela.

A filha era seu anjo salvador. Lágrimas. Era adeus. "Desculpa, filha, desculpa, Nilce, pela besteira que fiz." Talvez ela tivesse previsto alguma coisa ruim. Chico aceitou o destino.

O corpo sem movimento e o resto de consciência agindo, cobrando, torturando a mente que perdia vigor. Chico, imóvel ao sol de névoa cinza, reclamou e ninguém entendeu. O cérebro era o único a trabalhar. Todos ficam assim, vendo as coisas, imaginando tudo quando estão morrendo?

Conhecidos e desconhecidos decretaram seu fim. Carlos não pensou diferente ao vê-lo. O amigo não era aquilo imóvel, e interrogou o corpo inerte:

Chico? Chico? Chico?

O moribundo não levantou, e disse em pensamento: "Não cometa os meus erros." Carlos afastou-se do corpo alquebrado em perfeição cubista, sentou nos tijolos do canteiro da obra e chorou. Amadeu consolou o amigo, contudo não havia tempo para isso, a ambulância chegou acompanhada da PM para limpar a área.

A vida do exímio pedreiro rareava, os olhos abertos e a derradeira lágrima. Em sua cabeça, andava em um grande corredor de prédios que se desbotava. "Não vou trabalhar amanhã", disse com a voz da alma. Mais um líquido saiu dos olhos gastados de vez. A perícia forense chegou acompanhada do rabecão refrigerado com outros passageiros nas gavetas.

***

Elenilce queria um mundo em que pudesse se enfiar quando soube da notícia por Carlos. Lembraria dele querendo uma boa educação à filha. Não esquecia a manhã em que o marido viajara e alguma coisa lhe dizia que ele não voltaria. Passagem só de ida, havia pressentido. Como contaria à filha? A pequena Clarinha viveria com um buraco no peito. Nilce crescera sem pai, acontecia novamente. Vida crua latejando dor.

Tudo se encaixa agora. Disse Nilce, relatando à tia os pressentimentos que tivera.

Agora o Carlos tá lá. Lamentou Marinalva, com olhos molhados.

Vou cuidar da minha filha e dar tudo que ela precisa. Vai estudar, era o que ele queria.

***

A notícia fatídica chegou aos amigos na manhã do dia seguinte, e não foram capazes de aprofundar o assunto. Firmino nunca esqueceu que Chico foi o único a arriscar a vida quando ele perdeu Marta.

Pobre da menina dele, crescer sem pai. Lamentou Zé-Pedro.

Vida desgraçada, deveria parar a obra em respeito. Falou Zé-Raimundo, que agradecia em sentimento a confiança de tê-lo levado àquela empresa.

Final de tarde, quando acabar o serviço, a gente faz uma oração. Cada qual com sua fé, pensando coisas boas e mentalizando conforto à família. Sugeriu Firmino.

Entre os peões, a notícia se espalhou. À tarde, amigos e desconhecidos abraçaram-se ombro a ombro rezando o Pai Nosso e a Ave-Maria. Um aspirante a pastor fez uma prece. Outro desejou a paz de Oxalá. Ao terminarem, eles bateram palmas. Alguns olharam o céu, outros abaixaram a cabeça, escondendo os olhos.

Firmino passou na casa de Dario e deu a notícia, perguntando se sabia alguma coisa do Carlos. O filho disse que ele não ligou e pensou no sofrimento da criança e da Elenilce.

Vida injusta, filho.

Num é, pai.

Caminhos que a gente escolhe, filho, precisamos tomar cuidado nas decisões. Nada é fácil. A vida é britadeira e solavanco todo dia, desesperar e fazer loucura não é a saída. Eu vou indo, filho, preciso dar um abraço na Nilce.

Tá bom, pai, diz que eu mandei um abraço pra ela.

Eu falo sim. Fica com Deus, filho.

Brigado, pai, vai com Deus também.

***

Carlos recebeu a notícia da quebra de contrato entre as construtoras Engmaximus e Siará Grande Engenharia.

Vai fazer o quê, Carlos?

Não sei ainda, Vicente. Estou pensando em voltar a Fortaleza.

E a obra?

Não deixam a gente da Siará Grande Engenharia entrar.

Lá na obra tá normal, mas não vou esperar pelo pior.

Ficar aqui sem resposta não dá!

No incerto, melhor é o certo.

Volto pra Fortaleza e, se a empresa mandar embora, vou atrás de outro emprego. Agora posso conseguir trabalho em casas de materiais de construção, hidráulica ou outra obra.

Tá mais que certo. Sua mãe vai gostar de ver você.

Estou com saudade dela.

Os demais trabalhadores da empreiteira decidiram continuar a saga nordestina na metrópole.

Carlos não esperou misericórdia da empresa e resolveu arriscar outro emprego quando Vicente avisou sobre uma seleção em Diadema.

Partiram na manhã seguinte, o ônibus 5178 deixou eles no Jardim Miriam e lá pegaram outro coletivo para o terminal Diadema. O fiscal informou que o endereço era na Vila Nogueira. Indicou a fila do trólebus e o local para descerem. Gostaram do corredor livre e rápido. Ao chegarem na portaria, o vigilante disse para esperarem na fila como os demais candidatos. Vicente falou ao amigo que daria certo e a empresa cearense seria passado.

Na entrada da empresa, Carlos e Vicente passaram por um longo corredor gradeado separando a fábrica da administração. Os trabalhadores usavam uniforme azul e fone tipo concha. Os tornos mecânicos giravam e as peças cortadas caíam propagando barulho de ferro-sobre-ferro-sob-ferro no pequeno galpão.

Os trabalhadores estavam impedidos de olhar para o lado, a sequência de movimentos era ditada pelas máquinas cortando peças sem parar. As conversas entre os peões eram realizadas aos gritos.

Carlos não desejava aquilo para ele. Entrou e sentou-se na cadeira estofada com suportes de mesa malfeitos. Confuso na fábrica de barulhos, a imagem de Chico caído persistia na memória. Ele ouviu saindo da boca da mulher as palavras: "matemática, psicológico, redação". Responderia qualquer coisa e sairia sem se arrepender. Uma vida mecânica daquela o deixaria louco. Notou as faces preocupadas e indecisas ao redor. Ir naquela empresa esclareceu que o melhor caminho era retornar à sua cidade. Além disso, gostou de conhecer parte da região do ABCD. Um candidato à vaga relembrou que a localidade fora palco de muitas lutas dos trabalhadores.

Carlos olhou a folha que a mulher entregou, respondeu com garatujas que não eram suas, deixou as folhas na mesa da psicóloga e saiu. Ela olhou os rabiscos, e no lugar do nome havia um bonequinho dando língua. Ela teve vontade de amassar, mas manteve a postura na frente dos candidatos à vaga.

Ele saiu da sala que abafava os barulhos e escutou novamente as peças explodindo em eco no galpão. Desviou o olhar dos trabalhadores e dos tornos cuspindo peças. Ficou aliviado ao sair da fábrica. Vicente chegou meia hora depois e perguntou como ele conseguiu terminar rápido.

Estava sem vontade.

Logo encontramos outro emprego.

Eu vou pegar o beco pro Ceará, Vicente.

Se eu tivesse um pouquinho de grana, voltaria também.

Vai dar certo, Vicente. Você é um cara esforçado.

Carlos saiu direto de Diadema para o metrô Jabaquara. No trajeto, admirou as interligações ônibus, trólebus e metrô, uma teia logística movimentando a cidade que não podia parar.

Despediu-se do amigo Vicente no Jabaquara e foi à Estação Tietê comprar passagem para o Ceará.

***

A secretária da Siará Grande Engenharia recebeu um Sedex com documentos deixando evidente a quebra de contrato. A permanência da parceria aumentaria a exposição da Engmaximus na mídia. Chico não foi citado como motivo do rompimento. A responsabilidade do acidente de trabalho caiu nas costas da empreiteira cearense.

Marcel tentou falar com Bianco, que ignorou a ligação do empreiteiro cearense. A Siará Grande Engenharia era mais um soldadinho no tabuleiro das grandes construtoras. Marcel apelou ao intermediador do acordo entre as construtoras e ouviu do lobista:

O meu trabalho terminou, Marcel. Tenho uma credibilidade a zelar. Você apresentou ótimos valores e eu levei a proposta ao grupo Engmaximus. Sugiro que você releia o contrato e veja a cláusula em que a Siará Grande Engenharia falhou e entenderá por que não tem mais volta. Disse Pablo sem rodeios.

Marcel desconhecia a cláusula que gerou o fim da parceria.

Enquanto o lobista estava na linha, pediu à secretária que lesse e encontrasse a razão do rompimento.

Pablo continuou diante do silêncio do empresário:

Nenhuma empresa quer ser bombardeada 24h por dia na mídia. Gera desconfiança na cartela de clientes. Há muito capital envolvido e parceiros importantes pulam do barco numa hora dessa. Entende o risco disso tudo? Muita coisa está em jogo, houve quebra-quebra que vai dar trabalho ao grupo, mas nada que eles não possam resolver com propagandas para calar a boca da mídia.

Quanto você quer novamente? Mais 100 mil? 200 mil?

Há coisas que o dinheiro não pode comprar. Não há capital para o que está morto. A não ser que o óbito seja razão de lucro, mas não é esse o caso. Entendeu?

O lobista ouviu um silêncio na linha e terminou a conversa:

Em outra situação, se precisar dos meus serviços, estarei ao seu dispor.

Pablo iniciara a carreira em Brasília como assessor parlamentar, e nas horas vagas agenciava mulheres aos três poderes. Era um dos muitos exímios gestores na pilhagem das finanças públicas, requisitado para dar legalidade aos desvios de qualquer partido. Conseguira influência no meio empresarial e político, tinha uma carreira a zelar. Bilhões no Congresso precisam de justificava convincente para deixar os cofres públicos, e ele e sua equipe sabiam como fazer isso.

20
Mulher

Kátia, de visita em visita, começou a namorar o primo Franco. Para ele, Kátia era uma mulher; ao pai, Firmino, uma criança.

A mãe Aurora foi visitá-lo e revelou a impossibilidade de estar ali outras vezes. Com o tempo, a madrinha Cida deixou de visitar Franco e aproximou Kátia do primo. Cida cortejava outro preso, que a desejava ardentemente.

E quando o tio descobrir? Perguntou Franco durante a visita de Kátia.

Eu assumo, sou mulher pra isso!

Aê! Mas não é tão simples assim.

Eu te amo! Sempre gostei de você. Você que num percebia.

Chega aí. Disse Franco, dentro da beliche de concreto vedada com lençol no dia de visita.

***

Pai, mataram o Caixadágua. Disse Kátia, sem espanto.

Como assim?

O pessoal apagou ele, só um tiro. Não ia durar muito, né, pai? Eu disse ao Franco o que ele ia fazê com o Dario.

Minha filha, por que você fez isso?

Dario é meu irmão, não fez nada. Pai, ele nem tava sabeno do perigo que corria.

Meu Deus!

Pai, eu amo o Franco.

Como é?

É, pai.

Você nem sabe o que tá dizendo e nem onde está se metendo. Eu queria que você estudasse. Eu falhei com sua mãe. Não dei atenção a você.

Eu não sou mais menina, pai!

Você acha que não, Kátia. Você não está levando droga pra ele, né?

Firmino culpava-se e jamais desistiria da filha.

Não, pai.

Se pegarem, você vai presa. Sabe disso, né?

Sei, pai.

Toma cuidado, Kátia. Se alguma coisa acontecer, nem eu e nem seu irmão podemos fazer nada.

Eu sei, pai! Não fiz e nem vô fazer isso.

Firmino sabia que proibir, bater, prender e reprimir seria pior.

Filha, promete uma coisa pra mim e sua mãe?

O quê, pai?

Continue estudando.

Tá bom, pai, prometo.

No dia seguinte, Firmino perdeu o ônibus. Se ao menos pudesse correr e pegá-lo. Estava entrevado. Os movimentos que exigiam rapidez davam sinais de esgotamento.

Firmino, perdeu o cambão, homi de Deus? Falou Zé-Raimundo, que chegava na parada de ônibus.

Não queria dizer que a filha o fez perder o sono.

Hoje, perdi.

Gostava de estar cedo no serviço para organizar sem pressa os instrumentos de trabalho e poder tomar café em paz.

Firmino, tu foi bem curtir uma noitada por aí, pode dizer, não vou contar pro pessoal não.

Uma hora dessa e você com presepada, homi!

O amigo entendeu que o dia não era para brincadeiras. Além disso, eles tinham um luto no peito. O ônibus chegou e eles entraram.

Quando chegar o corpo do Chico, será que o patrão deixa a gente ir no enterro, Firmino?

Sabe como é esse povo. Perdemos um grande amigo, Zé-Raimundo.

Ah, é! Agradeço meu emprego a ele.

Ele não deveria ter ido.

Isso é. Agora tá feito e que descanse em paz, Deus guarde a alma dele.

Firmino desejava que o dia de trabalho terminasse para desabafar com Dario o caminho que a irmã escolheu. Dizia-se mulher. Mulher? Mulher de malandro. Aquela história martelou a cabeça dele o dia inteiro. Ligou ao filho e disse que passaria na casa dele. Mas adiantou um dos assuntos: "Mataram o Caixadágua!".

Como foi isso, pai? Perguntou Dario, aflito, ao receber o pai no portão.

Disseram que foi só um tiro na cabeça e ninguém sabe o que fizeram com o corpo.

Aqui se faz, aqui se paga!

Não deseje o mal de ninguém. A outra história é a sua irmã de caso com o Franco.

Não! A madrinha dele ajudou a levá-la para o mau caminho.

Ninguém leva ninguém ao mal, sua irmã sabe muito bem o que quer da vida. Disse que ama ele.

Mas ela ajudou empurrando a Kátia.

Caixadágua era um verme, mas ajudar a matá-lo, filho, aí não dá. Ela falou ao Franco o motivo da sua mudança, ele ligou de dentro da cadeia e os comparsas terminaram o serviço.

Ele estava aprontando muito, pai. A Kátia sabe que esse caminho é sem volta. Eu não vou falar nada com ela, nem vai adiantar. A vida ensina.

Espero que sua irmã não aprenda tarde demais. Aí não tem mais volta.

Firmino despediu-se do filho, dizendo que estava cansado e precisava dormir mais cedo.

Dario participou naquele dia do primeiro treinamento aos novatos do supermercado. Ouviu um dos donos contar como o pequeno mercadinho há quinze anos transformara-se em várias lojas no Ceará. E relatou o acordo entre a rede de supermercados como forma de se protegerem dos grandes grupos do ramo.

Alertado pelos colegas, Dario conheceu os patrões disfarçados entre os clientes. A história do empresário não emocionava. Dario pensava nos envolvimentos dele com as funcionárias. Olhou detidamente o patrão tentando relembrar de onde o conhecia. Recordou que escrevia e aparecia nas fotos do mural da alegria dos jornais cearenses.

Evilângela do RH tomou a palavra e agradeceu ao patrão pela fala "encantadora e comovente". Em seguida, informou aos novos funcionários o cuidado com a unha cortada, barba feita, cordialidade com o cliente, dedurar o colega, vestir a alma da empresa, andar sempre limpo e arrumado.

Vocês são a empresa. Se o cliente tiver um péssimo atendimento, de quem será a culpa?

Da empresa! Da empresa! Falaram na plateia.

E o que acontece com o colaborador? Se a empresa cresce, vocês também crescem. Somos uma família.

Um jovem imberbe escolhido como funcionário do mês ganhou uma cesta de produtos. A funcionária do RH pediu palmas e todos obedeceram. Dario viu nele um fiel desejado por todo tipo de patrão. Questionava aquela seriedade contrastando com a carne verde estragada e recuperada com muito sal, o sindicato patronal que enganava os trabalhadores, os estagiários ganhando miséria, as frutas avariadas nas merendas, as agressões a quem fosse pego roubando, a loja organizada para estimular o consumo e as promoções de mentira.

Após o treinamento, o gerente chamou Dario à frente da loja e passou as orientações:

Tem que deixar a mercearia abastecida, precisamos bater a meta do mês.

Dario ouvia o gerente de olho no jornal ao lado. Reconheceu o escritor José Saramago do livro *Ensaio sobre a cegueira*, da matéria que lera na oficina.

A mercearia tem peso na hora de bater a meta da loja. Dizia enquanto mexia nas gavetas de um pequeno balcão. Estou gostando do seu empenho, os três meses de experiência você vai tirar de letra.

Sabia o que fazer: "Abastecer, abastecer e abastecer!", era a sua função ali, unicamente isso! Teve saudade dos jornais que lia. Para não deixar o gerente Eduardo falando sozinho, respondeu:

Obrigado.

Na hora do almoço, leu rapidamente o jornal e descobriu a homenagem feita ao escritor que morrera meses antes. O autor português era ateu, comunista e crítico da igreja. Teve familiares analfabetos e passara por necessidades, apesar de ter sido ganhador do Prêmio Nobel.

21
A chave

Eu digo que é pra você essa história de vencer, de sonhar e conquistar.
Criolo

Carlos despediu-se dos colegas do alojamento, que não sabiam por quanto tempo ainda poderiam ficar ali. Despediu-se da favela que ele e o amigo conheceram em seu pior momento. Novos barracos começavam a surgir.

Vicente acompanhou Carlos ao portão, ambos desejaram sorte um ao outro. Próximo ao metrô Jabaquara, veio a imagem do amigo Chico, que estivera ali com ele pela primeira vez.

Tomou café na barraquinha perto da estação. Gostaria de ser aqueles trabalhadores em mais um dia normal. Carlos desceu as escadas do metrô e entrou no vagão com poucas pessoas.

Na rodoviária do Tietê, lembrou que havia chegado clandestino e voltava com seguro de vida. Muitas pessoas iam e vinham para onde? Pensou numa miragem de gente. Observou as vitrines. Viu-se no reflexo do vidro. Cabelo penteado, rosto queimado e acanhoado de sertanejo.

Na banca de revistas e livros, deparou-se com a capa da revista *Le Monde Diplomatique Brasil*, que falava da nova classe média no país. Queria comprar o livro que tinha visto com a Samanta, *O Mundo de Sofia*. Perguntou ao vendedor, que foi consultar no estoque. Pensava fazer como o amigo Dario, que lia um pouco de cada obra.

O vendedor voltou dizendo que acabou. Carlos agradeceu a boa vontade dele. Ao sair da loja, olhou o mapa da cidade de São Paulo em formato de arma. Não achou coincidência.

Ligou para Dario do celular comprado de um peão que vendera barato após a quebra de contrato entre as construtoras.

Dario sentiu o celular vibrar e atendeu.

Dario?

Carlos?

Oi, Dario. Está trabalhando?

Sim, estou. Mas pode falar. Você está bem?

O amigo sabia que ele estava passando por um momento complicado.

Tudo bem. Você deve estar sabendo o que aconteceu.

Meu pai contou, que triste tudo isso. Não vai ser fácil para a Nilce.

Para evitar comentários do gerente, Dario continuou arrumando a prateleira da mercearia, apoiou o celular no ombro e pressionou o ouvido.

Estou voltando pra aí hoje. Falou contente.

Que bom, cara! Que bom mesmo. Aparece lá em casa no domingo, eu vou tá de folga.

Combinado. Estou esperando o ônibus na rodoviária.

Vai ser bom revê-lo, irmão. Sua mãe tá contente, né não?

Avisei que comprei a passagem, está feliz. Mas eu vou indo, você está trabalhando. Até domingo.

Boa viagem, se cuida.

Obrigado.

O ônibus mais confortável contrastava com o fornecido pela Siará Grande Engenharia. Quando pegou a estrada, Carlos constatou que o caminho de ida era diferente da viagem de volta. O clandestino em que vieram fugia das fiscalizações. Achou que o retorno demorou mais. Apesar de tudo, estava feliz, principalmente quando ouviu que o ônibus chegou ao estado do Ceará. Chorou algumas vezes durante a madrugada, lamentou pelo amigo. O céu estrelado era o único confidente. Entre os passageiros, ouviu que uns voltavam de vez, outros tiravam férias para visitar parentes, sonhando em deixar a cidade grande.

Estava aliviado, um peso saía das costas. Com o tempo, entendeu o que significava estar em um lugar onde crescera, fizera laços e amigos. Diferente de estar em um lugar cujo chão não tinha raízes.

Desceu na rodoviária da Messejana e seguiu para o terminal de ônibus ao lado. O sol forte não incomodava. O trajeto do ônibus passou nas ruas que faziam sentido à sua vida, mesmo havendo descaso na pavimentação e na limpeza. O sotaque, os jeitos, as músicas, a vida das pessoas e seus hábitos, tudo era ele. Entretanto, Carlos era outro homem.

***

Marinalva saiu mais cedo do trabalho, aguardava na sala quando um barulho no portão chamou sua atenção.

Meu filho! Meu filho! Obrigado, meu Deus.

Oi, mãe. Disse Carlos, chorando.

Ô meu filho. Falou ao abraçá-lo.

Bolo mole e café quente estavam na mesa. Sentou com a mãe no sofá e explicou por que voltou.

Vim embora, mãe. Não deixaram a gente trabalhar na obra depois do que aconteceu. A empresa não falava nada, eu não quis esperar e voltei. Não posso ser gado de ninguém.

Que bom, meu filho.

Carlos relatou a cidade extraordinária com defeitos na mesma proporção. Narrou como aconteceu a queda do Chico. Marinalva chorou, o filho confortou-a passando as mãos nas costas dela. Olhou a porta do quintal e não viu Oto, a mãe disse que o cão morreu.

Acho que foi de tristeza, filho.

Carlos recordou o cachorro olhando como se quisesse dizer alguma coisa antes da viagem.

Marinalva contou que eles iriam visitar Elenilce quando chegasse do trabalho. Carlos disse tudo bem e foi dormir. Acordou no início da noite e tomou banho. Comeu um pedaço de bolo que a mãe fizera e depois saiu com ela à casa da prima que os aguardava. Ele abraçou-a e todos choraram. Relatou o acidente e Nilce disse que estava com mau pressentimento desde o início da viagem.

Carlos falou que Chico fazia muita hora extra e trabalhava cansado. Marinalva perguntou sobre o enterro à sobrinha, que respondeu estar aguardando a empresa fazer o translado do corpo.

***

Domingo de manhã, dona Dalva limpava a casa e precisava afastar a mesa pesada. A idade dificultava o esforço, observou Dario pelo canto da janela, sentado no batente da porta, cortando as unhas. A senhora pediu que fosse falar com ela.

Oi, dona Dalva?

Meu filho, arraste essa mesa, por favor, eu não posso mais, a bicha pesa muito.

Sim, claro. Disse Dario, impressionado com o armário cheio de livros.

Ele entrou na casa e a senhora pediu que arrastasse devagar para não ter problemas na coluna. Dario deixou onde ela queria e arrumou as cadeiras. Perguntou se havia mais alguma coisa, de relance tentava ver os títulos dos livros. Dona Dalva disse que, se não fosse abusar, tinha uma lâmpada queimada no corredor.

Tudo bem, eu troco. Não se preocupe.

Então, obrigada.

Ela pediu que ele pegasse a escada no quartinho da despensa e o seguiu com a lâmpada LED na mão. A única incandescente que sobrara na casa seria removida. Em sua nostalgia, o formato da lâmpada fazia parte da história que parecia não dar conta das mudanças rápidas que aconteciam.

Economiza energia e ilumina mais, não é estranho? Perguntou Dalva.

A gente é evoluído em muita coisa, em outras não.

Isso é.

Se tiver outra coisa, pode dizer, dona Dalva.

Só isso mesmo, meu filho. Aguarde que vou buscar um suco.

Ele disse que não precisava, mas ela acabou trazendo. Ao

voltar com o suco, a senhora viu Dario observando as coleções antigas de capas duras verdes, vermelhas, pretas e marrons da estante e perguntou se gostava de ler. Dario conhecia alguns dos autores pelas matérias de jornais.

Gosto.

Pode escolher dois se você quiser, Dario.

Então vou escolher, dona Dalva.

Dario pegou *O Processo*, do Franz Kafka, e *Histórias Extraordinárias*, do Edgar Allan Poe.

Escolha boa. Esses escritores têm uma história de vida linda e sofrida.

Ouvi falar algumas coisas deles. Muito obrigado.

Calma, olha, quando você terminar, pode ir pegando de dois em dois até ler todos.

Ele riu e justificou que demoraria um pouco, mas tentaria cumprir a promessa. Antes de sair, guardou a escada e agradeceu. Foi a primeira vez que olhou para ela detidamente e notou que era uma mulher bonita.

***

Carlos ligou ao Dario para saber a rua em que morava. Combinaram a visita no horário da tarde.

Samira cozinhou o peito de boi com batata e macaxeira, Dario fez o arroz e temperou o feijão, enquanto conversavam sobre o amigo Carlos. Após o almoço, deitaram um pouco.

Dario recebeu a ligação do amigo que estava chegando. Esperou-o no portão e, ao chegarem um perto do outro, se abraçaram. Falaram da saudade e da satisfação de estarem ali juntos.

Samira recebeu Carlos na casa mobiliada com tudo comprado de segunda mão: geladeira, fogão, botijão, mesa com duas cadeiras, cama e um pequeno guarda-roupa. Ela ofereceu café e bolacha cream cracker, comentando que ele estava mais claro. Carlos justificou que em São Paulo fazia frio e o sol nem se comparava ao do Ceará.

Sobre a morte do Chico, ele resumiu a história afastando as lembranças ruins e dizendo orgulhoso da parede de blocos que derrubou.

Carlos sugeriu um cinema novamente, ver o pôr do sol e ir ao sebo. Perguntou sobre a morte do Caixadágua, Dario e Samira relataram cada um ao seu modo a relação com o bandido e a ajuda indireta de Kátia.

Os amigos deixaram Samira estudando para o vestibular e prometeram que em breve seriam eles.

Só quero é ver! Vocês precisam saber qual curso querem. O Dario até agora nada.

Vai ser História ou Letras.

O cara vai ser professor. Falou Carlos.

Nem sei como é ser professor.

Se vai estudar, então vai aprender. Disse Samira.

Vamos deixar a futura advogada estudar, Carlos.

Eles foram conversar no quintal. Sentaram na sombra da parede. Dario queria saber se o amigo lembrava o início da amizade deles:

Lembra como a gente se conheceu?

Você pediu pó de café na casa da minha tia que não morava

mais lá, porque meu tio a traiu e ela pegou o beco, antes cortou a roupa dele toda. Ele deixou o barraco e minha mãe comprou dele.

Isso mesmo, minha mãe queria agradecer e levou um pedaço de bolo para sua mãe. E do seu pai não teve mais notícia?

Ele fugiu com outra para o Norte e não tive mais nenhuma informação, por isso fomos morar na favela.

À medida que os amigos contavam suas lembranças e experiências, uma chave virou na cabeça de Dario, cujo significado passou a fazer sentido quando começou a escrever aquelas histórias dentro de outras histórias.

***

Carlos foi ao RH da Siará Grande Engenharia acertar o que era preciso. A representante perguntou se ele queria continuar na empresa. Com um misto de satisfação e dúvida, respondeu: "Não!"

Samira e Dario falaram aos pais que voltariam para casa. Acertaram a mudança para o final de dezembro, tempo suficiente para Firmino, Zé-Raimundo, Carlos e alguns conhecidos terminarem a surpresa de dois cômodos e um banheiro no fundo do quintal dos pais da Samira.

Dona Dalva chamou Dario e Samira um dia antes da mudança deles e disse estar feliz com o jovem casal. Falou que eles conseguiriam tudo o que quisessem. A senhora pediu que entrassem na sala, abriu o armário cheio de livros dizendo que poderiam levar quantos quisessem, e não precisavam ficar acanhados, porque há muito não mexia naquelas obras, embora tivesse lido boa parte.

Samira passou no vestibular. Carlos e Dario iniciaram o cursinho comunitário do bairro. Recomeçaram a percorrer a cidade, passando despercebidos pelas pessoas como eu e você.

Agradecimentos

Agradeço às pessoas que em diferentes momentos da minha vida ensinaram-me modos próprios de decifrar o mundo, seja à maneira do saber popular ou com a força das invenções para vencer os dias.

Aos leitores que contribuíram cada um ao seu modo para o gira-mundo da Betoneira vida.

Ao Alexandre Barbalho pelo incentivo na primeira leitura.

À Ângela Naomi pelas dicas e leituras.

Ao Adriano Ferreira, ao Genefrance Barros, ao Jackson Costa e à Jovina Benigno pelas contribuições à obra.

Ao Sérgio Rubens pela leitura afetiva.

Ao Agner Rebouças, que enviou fotos da carta em que me despedia dele dizendo: "Você é o único homem de quem eu vou ssentir saudade."

Ao Plantão Gramatical da Prefeitura de Fortaleza pelas dúvidas.

Ao Lourenço Mutarelli e ao Bruno Ribeiro pelas observações respeitosas e pertinentes nas oficinas literárias.

Esta obra foi produzida em Arno Pro Light 13 e impressa na **JMV Gráfica**
para a Editora Malê em **agosto** de 2025.